TAKE
SHOBO

孤高の英雄皇帝は
想い出の姫を救い出して溺愛する

七福さゆり

Illustration
Ciel

JN148456

MitsuNeko

contents

イラスト／Ｃｉｅｌ

孤高の英雄皇帝は
想い出の姫を救い出して
溺愛する

プロローグ　第八王女アンジェリカ

「ちょっと、どうしてお前が庭にいるの!?　部屋から出てくるなと言ったでしょう!」

「ここは、あんたのような卑しい身分の者が、気軽に出歩けるような場所じゃないのよ。ね、お母様」

「ええ、ここは高貴な身分の者しか歩くことを許されないのよ。わたくしやドロシーのようにね」

ネモフィラ国城の庭で、第八王女のアンジェリカ・エヴァンスは王妃ジュリアと腹違いの妹のドロシーに糾弾を受けていた。

ずっと自室に閉じこもっていたので、少しだけなら外に出てもいいだろうと思ったのが失敗だった。

「申し訳ございません……」

「その、ふてぶてしい表情……お前の母親にそっくりだわ。血は争えないわね」

ああ、また、始まってしまった。

「お母様、アンジェリカの母親って、こんなに憎たらしいの？」

「ええ、そうよ。憎たらしい上に、男好きなの。陛下をたぶらかして、この娘を生んだのだから。ああ、嫌だ、嫌だ。汚らしい女」

「やだぁ……そんな母親を持っておきながら、こうして大きな顔をして歩けるなんて信じられない！　わたしだったら、恥ずかしくてお部屋から出られないわ。わたし、お母様の娘で、本当によかった」

「そうよ。あなたはわたくしと陛下から生まれた高貴な姫なのだから、胸を張って、自信と誇りを持って歩きなさい」

「はぁい。……ちょっと、あんた、いつまでここにいる気？　さっさと自分の部屋に帰りなさいよ！」

ドロシーに肩を押され、アンジェリカはよろけて後ろから転んでしまった。

「きゃ……っ！」

前日に雨が降ったせいで地面が濡《ぬ》れていて、背中やお尻が泥だらけになった。

「あはっ！　やだぁ！　きたなぁーいっ！　でも、卑しくて醜いあんたには、泥まみれなのがお似合いね」

「さっさとわたくしたちの前から消えなさい。もう、部屋から出てくるんじゃないわよ。ああ、せっかくの愛娘《まなむすめ》との素敵な散歩の時間が台無しだわ」

「お母様、大丈夫よ。あんなのねずみとすれ違ったのと同じ。髪色だってねずみと同じ灰色だもの」

「ふふ、そうね」

「失礼します……」

王妃とドロシーの笑い声を背に、アンジェリカは自室に急いだ。

「まあ！　アンジェリカ様、廊下に泥を落とさないでください！　まったく、余計な仕事を増やして……私たちは忙しいんですからね」

「ごめんなさい……」

「ご自分で片付けてください。バケツと雑巾は用意して差し上げました。こちらに置いておきますから、必ず早めに片付けてくださいね。いいですね？」

「ええ……」

自室に戻ったアンジェリカはすぐに着替え、泥だらけになったドレスを持って外の洗い場に向かう。

邪魔にならないよう長い銀色の髪を一つにまとめ、ドレスをサッと洗って水に浸した。

しばらく浸《つ》けておけば、落ちるかしら。ドレスはこれを入れて後二着しかないから、ちゃんと落ちてくれたらいいのだけれど……。

その間に、汚してしまった廊下の掃除をしていると、少し先から第一王子のフランシスがやってきた。

「随分と陰気な使用人が入ったと思ったら、お前だったのか」

「フランシスお兄様……」

「お兄様などと呼ぶな。汚らわしい」

「申し訳ございません……」

「目ざわりだ。部屋から出てくるな」

「はい……」

フランシスは通り過ぎる際に、後ろを歩いていた側近の男に顎で合図をした。すると側近は口元を吊《つ》り上げ、バケツを足で蹴る。

「あっ」

せっかく綺麗《きれい》にした床に汚水が広がり、アンジェリカは掃除のやり直しを余儀なくされた。

アンジェリカの父サイモンは、ネモフィラ国の王だ。

サイモンは好色家で、王妃の他に十一人の側室がいる。そのうちの一人が、アンジェリカの母のテレサだ。

ウィルソン男爵家の次女で側室の中では一番身分が低いが、国一番の美女と評判で、サイモンは彼女をとても気に入っていた。

テレサは成人後に公爵家の侍女として働いていて、そこに訪ねてきたサイモンが関係を迫ったのだった。

サイモンはテレサに側室の一人となるよう求めたが、彼女は自分の身分は王家には相応《ふさわ》しくないからと、頑《かたく》なに側室となることを拒んだ。

身分の低い自分が側室になど入れば、辛い日々が訪れることを悟っていたのかもしれない。

そして身籠ったことを隠し、体調を崩したからと嘘《うそ》を吐いて公爵家の侍女を辞め、領地へ下がってアンジェリカを産んだ。

その後、彼女の吐いた嘘は本当になってしまった。

テレサは産後に体調を崩し、見る見るうちに衰弱し、アンジェリカを産んで一か月が過ぎた頃に息を引き取った。

テレサが亡くなったことを知ったサイモンは、異例ではあったが、死後に彼女を側室として召し上げた。

彼女の遺体は、王家の墓地に眠っている。

サイモンは知らなかった。彼女がアンジェリカを出産していることを――。

側室や子供が多くいる王家で、身分の低い自分の産んだ子が幸せに暮らすことは不可能だと思ったテレサは、男爵家で育ててほしいと父に遺言を残していたそうだ。

そして遺言通り、アンジェリカは男爵家でのびのびと育った。

周りには、信頼している一部の者を除き、父親は誰かわからない。行きずりの男だと説明し、やり過ごした。

しかし、そんな生活を送れていたのも、五歳までだった。

信頼していた使用人から、アンジェリカがサイモンの子だということが明るみとなり、彼女は姫として王家に迎えられることとなった。

姫とは名ばかりで、アンジェリカを待ち受けていたのは酷《ひど》い生活だった。

サイモンからアンジェリカの身の回りの世話を助けてやるようにと言われた王妃は、彼から一番気に入られていたテレサを憎んでいて、彼女と瓜二《うりふた》つの容姿を持つアンジェリカを、立場を利用し、虐《しいた》げた。

王妃の機嫌を取りたい側室と子供たちもアンジェリカを苛《いじ》めるようになり、やがて使用人たちも彼女を侮辱するようになった。

王城に来たばかりの頃は反抗していたが、そのたびにぶたれ、暴言の数々をぶつけられているうちに、逆らわなければ辛い思いをしなくていいということを学習してしまった。

幼い頃から虐げられ続けて来たアンジェリカは、もう心が折れていて、歯向かう気力は少しもない。

アンジェリカはひっくり返されたバケツを元に戻し、雑巾で溢《あふ》れた水を吸い取ってはバケツの中に搾り、また吸い取っては絞ることを繰り返す。

汚水をバケツに戻すのは終わりが見えるけれど、アンジェリカの生活には終わりが見えない。

いつまでこんな生活を送るのかしら……。

こんな生活を十三年送り、アンジェリカは十八歳になった。母が彼女を産んだ歳と同じだ。

つい先日、サイモンが「ますますテレサに似て、いい女になったな」と言ったことで、王妃の嫉妬をさらに煽《あお》り、アンジェリカはますます虐げられるようになってしまった。

姫は政治の道具として使われるのが当たり前だ。姉たちも自国のためになる他国へ嫁いでいった。

きっと、アンジェリカもいずれそうなるのだろう。

それまでの辛抱だ。でも、出来損ないの姫だから、一生城に居ろと言われたらどうしよう。

それか、酷い男性に嫁がされて、ここよりも酷い待遇を受けたら……。

悲観的なことしか考えられず、だんだん息苦しくなってくる。考えるのをやめようと思うが、とまらない。

廊下の掃除を終えて洗い場に戻ると、水に浸けていたドレスが地面に捨てられていて、泥まみれになっていた。

「……っ」

アンジェリカは青い瞳に涙を浮かべながら、もう一度ドレスを洗い直す。

洗い直したドレスは泥のシミは落ちたが、洗いすぎて毛羽立ちが目立つようになってしまった。

第一章　アンジェリカの選択

アンジェリカは王妃から、目障りだから自室から出てくるなと言われているので、食事もここで済ませている。

エヴァンス家では、朝食と夕食は一族で取るのを習慣にしているが、アンジェリカは一度も参加したことがない。

一人で食べるのが好きだから、自室で済ませている……と王妃が父に説明しているため、アンジェリカは父に「協調性を身に付けなさい」と注意され、黙ってそれを聞いている。

ここで告げ口などしたら、さらに酷い目に遭わされるに違いない。

最初は寂しかったけれど、今はこの方が気楽でずっといい。

アンジェリカがいつものように自室で過ごしていると、誰かが訪ねて来た。

彼女の部屋に来るのは、姫としての最低限の教育をする教師か、ドロシーくらいだ。

彼女は新しい宝石やドレスを買ってもらった時は必ず自慢し、機嫌が悪い時には暴言を吐きにくる。それでも気が済まない場合はありもしない罪をでっちあげられ、王妃に報告されて折《せっ》檻《かん》されるのだ。

今日は教師が来る予定はない。ということは、ドロシーだろう。

嫌だわ……。

自慢ならまだいい。自分は決して与えられないものを見せられるのは、別に苦じゃない。むしろ綺麗なものを見るのは好きだ。

だけど、機嫌が悪かったら……。

居留守を使っても、どうせ部屋を開けられる。ドロシーはこの部屋の鍵を持っているのだ。

それに本当は居たことに気付かれたら、さらに酷い目に遭わされる。

「は、はい……」

恐る恐る扉を開けると、そこには王妃が立っていた。

「え……っ……王妃様……？」

「運びなさい」

「かしこまりました」

王妃の合図で、たくさんの箱を持った侍女たちが入ってきた。

な、何……？

アンジェリカが呆然《ぼうぜん》としていると、王妃が侍女たちにその箱を開けるように命じる。

「あ、あの……」

箱が次々と開けられていく。中には可愛《かわい》らしいピンク色のドレス、靴、装飾品が入っていた。

ドロシーに購入したものを自慢しに来たのだろうか。彼女から自慢されるのはよくあること
だが、王妃からは初めてだ。

「これを着て、一週間後にある陛下の誕生祭に出席しなさい」

「えっ」

「いいわね？」

王妃はアンジェリカの返事を聞かず、侍女たちと共に部屋を出て行った。

「どういうこと……？」

父の誕生祭など、今まで一度も参加したことがない。王妃に参加するなと言われているので、
仮病を口実に欠席している。

それなのに今年は衣装まで用意して、参加するように……なんておかしい。

私を騙《だま》そうとしているのかしら……。

王妃が持ってきたものに触れないよう気を付けた。

誕生祭に参加するなんて嘘に決まっている。持ってきたドレスに手垢《てあか》が付いた。宝石が壊れ

ている。なんて文句を付けられるかもしれない。

いや、最初からそう言って嫌がらせをするつもりなら、触っても触らなくても同じかもしれないが……。

危険物と一緒に過ごしているように感じて、落ち着かない一週間を送った。

そしてとうとう父の誕生祭の日――。

アンジェリカの部屋には、朝から王妃の息がかかった侍女たちがやってきていた。

「王妃様よりアンジェリカ様のお支度を調《ととの》えるように命じられました」

「まずは入浴を済ませましょう」

「え……っ……あ、あの?」

「モタモタなさらないでください。時間がありませんから。まったく……どうして私たちがアンジェリカ様のお支度なんてしないといけないのかしら」

「まったくだわ。でも、王妃様のご命令なのだから、仕方がないわ」

侍女たちは戸惑うアンジェリカを磨き上げ、飾り付けていく。その間、「ドレスを台無しにした」「宝石を壊した」などと言われないか、気が気じゃなかった。

「完成致しました。お時間になりましたら迎えに参りますので、それまで崩さないようにお気をつけください」

「え、ええ……」

呆然とするアンジェリカを残して、侍女たちは足早に去って行った。

鏡の中には、綺麗なドレスに身を包んだ自分が映っている。

結い上げられた銀色の髪、首元は真珠で飾られ、たっぷりとレースとリボンが使われた愛らしいピンク色のドレスを着せられた。

一体、どうなっているの……？

この後、「お前なんか参加させるわけがないだろう」と言われるのではないかと思っていたが、時間になると侍女に呼ばれ、パーティーが行われているホールへ案内された。

アンジェリカがホールに足を踏み入れると同時に、会場がざわついた。

「あの美しい女性は誰だ？」

「あんなに美しい女性は、見たことがない」

何……？　どうして私を見るの？　どこかおかしいの？

自分を見て何か話していることはわかっても、声が届く距離にはないので、褒められているとは思わなかった。

ずっと悪く言われて育ってきたことも手伝い、アンジェリカはまた貶《けな》されているのだと委縮してしまう。

部屋に帰りたい……。

アンジェリカの母は国一番の美女で、アンジェリカは母に瓜二つだと父サイモンは言う。

だが、他の者が母を褒めているのを聞いたことがないし、アンジェリカも『汚らわしい』『卑しい』『こんな醜い人間は見たことがない』と言われているので、父の美的感覚がおかしいだけで、自分は世間一般から見ると、とても醜いと思っていた。

祖父母も母とアンジェリカはとても美しいと言ってくれていたが、それは親の欲目というものなのだろう。

王妃様はどうして私をパーティーに参加させたのかしら。

ずっとお前は恥ずかしい存在だから、部屋から出るな。社交界に参加するなんて以《もっ》ての外《ほか》だと言っていたのに、どういう風の吹き回しだろう。

とにかく、目立たないようにしよう。

眩《まばゆ》いシャンデリアの下、色とりどりのドレスに身を包んだ女性、皺《しわ》一つないスーツを着た男性が大勢集まっている。

一応、王女として社交界のマナーは学ばされているが、ずっと部屋の中に引きこもっていたのでパーティーに参加するのは初めてだ。

緊張するわ。姫らしくできるかしら。

あまりキョロキョロするのは良くないと知っていても、つい目線を泳がせてしまう。

たくさんの来賓客の中で、一際背が大きな男性を見つけた。

あの方は……。

思わず目で追っていると、男性が振り返った。

「……っ」

あまりの美しさに、思わず息を呑んだ。

黄金色の髪に、鋭い瞳は炎を閉じ込めたように赤い。凛々《りり》しい眉に、高い鼻梁《びりょう》、薄い唇が、完璧な場所に配置されている。

昔、王妃の言いつけを破り、部屋を出て、城の中を探索したことがある。その時に美術品を保管してある部屋に迷い込んだ。

そこには、美しい人物を描いた素晴らしい絵画がたくさん飾られていたが、比べ物にならないほどだ。

父はアンジェリカと母のことを美しいというが、こういう人のことを真に美しいと言うのだろう。

「見て、ブーゲンビリアの皇帝よ。相変わらず、恐ろしいほど美しいわ」

「本当に恐ろしい方なのよ。血の繋《つな》がった父親も弟も殺して、皇位に就いたのだから……」

ブーゲンビリアの皇帝――あの方が?

アンジェリカは一応、諸外国の勉強もしている。

ブーゲンビリア国は侵略に積極的な国で、ネモフィラ国の友好国だ。

ネモフィラ国は土壌の質が悪く作物が育たないため、ブーゲンビリア国からの輸入に頼っている。

現在の皇帝は、エルンスト・ヴァイス。彼は皇位を継ぐ前は何度も戦争に出征し、そのたびに勝利を収めている。

そんな彼が反逆を起こしたのは、三年ほど前だった。

エルンストは腹違いの弟、義母、そして実父である皇帝、そして父に仕えていた側近たちをすべて殺して皇位に就き、これ以上の侵略戦争は行わないと宣言した。

戦争に疲弊していた国民は歓喜し、エルンストを英雄皇帝と崇《あが》めているが、前皇帝を支持していた貴族たちは、いつ自分たちが殺されるかわからないために怯《おび》えている。

そして、皇位に就くために血縁を躊躇《ためら》うことなく殺した非情な人間だと、諸外国からも恐れられていた。

「皆様、今日はお越し頂き、ありがとうございます。長い挨拶はなしとして、どうか楽しんで行ってください」

あまりの美しさに目が離せずにいるアンジェリカは、父の挨拶がいつの間にか始まって終わっていたことも、オーケストラがワルツを奏ではじめたことも、男性たちがアンジェリカを中心に輪を作っていることにも気が付かなかった。

「レディ、初めまして。私はフルニエ伯爵家の嫡男ロベールと申します。あなたのお名前を伺ってもよろしいですか？」

「あ……っ……わ、私は、第八王女のアンジェリカと申します」

「あなたが、アンジェリカ姫でしたか！　お身体が弱く、社交界に出られないと伺っておりましたが……」

「え、ええ、今日は調子がよかったもので……」

「それはよかった。それにしても、こんなにお美しいとは、驚きました。私とどうか一曲踊っていただけませんか？」

「えっ⁉　い、いえ、あの……」

「アンジェリカ姫、私はユウガオ国の第一王子、ドメニコ・ダンドロと申します。どうか私とお踊っていただけませんか？」

「お初にお目にかかります。私は……」

ダンスのお誘いを受けたら、どうするのが正解だったかしら……⁉

ダンスの授業も受けてはいるけれど、実践するのは初めてだ。

教師には出来が悪いと言われてきたが、上手《うま》く踊れるだろうか。もし、失敗したら、国の恥だと王妃たちに罵倒されるに違いない。

失敗したら、どうしよう……。

変な汗がジワリと出てきた。

混乱して誰の手も取れずにいると、鋭い視線を感じた。

何……？

王妃とドロシーがこちらを睨《にら》んでいるのに気付き、アンジェリカは身体を引《ひ》き攣《つ》らせた。

怒っている……の？

王妃はアンジェリカの目を見て、小さく首を左右に振る。

お断りしなさいということかしら。

「も、申し訳ございません。私、失礼致します……！」

「アンジェリカ姫……！」

「お待ち下さい！」

アンジェリカは男性たちの輪を抜け出し、王妃とドロシーの元へ向かった。

「あ、あの、王妃様……」

注目されていたアンジェリカが移動したことで、王妃とドロシーにも注目が集まった。

「アンジェリカ姫とは、似ていないな。隣の姫とは、そっくりだが」

「いえ、アンジェリカ姫は、ご側室の子です。もう亡くなられているそうですが、彼女と瓜二つだったそうですよ」

「ああ、そうなのか。残念だ……ぜひ拝見してみたかった」

「ええ、本当に」

周りの声は王妃の耳にも届いていて、扇を握る手に力を込めていることにアンジェリカは気付いていない。

「アンジェリカ、顔色が悪いわ。あなたは身体が弱いのだから、気を付けなくては駄目よ。さあ、こちらにいらっしゃい」

王妃に強く腕を掴《つか》まれ、長い爪が食い込んだ。

「……っ」

痛みに顔を歪《ゆが》めると、さらに強く握られて爪が刺さる。

「笑顔でいなさい。いいわね？」

小声で命令され、アンジェリカは笑顔を作る。

人気のないバルコニーまで移動すると、王妃はようやくアンジェリカの腕から手を離し、ハンカチを出して手を拭いた。

「ああ、汚らわしい……」

「お母様、大丈夫？　私のハンカチもお使いになって」

「ドロシー、ありがとう。あなたは優しい娘ね。天使のようだわ」

「うふふ、お母様似だわ」

「まあ、うふふ」

どうして、こんな所に連れてこられたのだろう。

そもそも、どうしてパーティーに参加させられたのだろう。こんな衣装や装飾品まで用意されて……。

でも、質問する雰囲気ではない気がする。

痛む腕を押さえながら黙っていると、王妃とドロシーが会話を止め、アンジェリカを同時に睨んだ。

「……まったく、あんな短時間で男性を誑《たぶら》かすなんて、本当にお前は卑しいわね。母親似かしら」

「はしたないわ。恥ずかしい子」

「ち、違います……！　私、そんなことしてな……痛っ」

王妃に思いきり足を踏まれた。ヒールの部分が指にめり込み、鋭い痛みが走る。

「お前に口答えなど許されていないのよ。立場をわきまえなさい」

「……っ……も、申し訳ございません……」

足を左右に動かされ、ヒールがグリグリと指に食い込んでいく。

「陛下が今年は絶対に出席させるように……なんて仰《おっしゃ》らなければ、こんな不快な思いをしなくて済んだのに……っ……アンジェリカが一度も社交界に出たことがないのは、姫として良くないなんて……良くないも何もこんな汚らわしい小娘が、私のドロシーと同じ姫なわけないじゃない！」

お父様が……!?

こんな衣装や装飾品を用意され、パーティーに参加させられた意味がようやくわかった。

「調子に乗るんじゃないわよ。ふんっ！　こんなドレス、卑しい身分のあんたには、ちっとも似合ってないわ！」

ドロシーにも足を踏まれ、痛みで涙が出てくる。

「……っ……も、申し訳ございませ……っ……どうか、お許しください……」

「あんたが調子に乗っているから、私たちが躾《しつけ》してあげているんでしょ。ね、お母様」

「ええ、ドロシーの言う通りよ。何？　その顔、恨むのなら、男を誑かすのが大好きな自分の母親を恨むのね」

「痛……っ」

必死にやめてほしいと懇願していると、後ろの窓が開く音が聞こえた。王妃とドロシーの足が、一斉に引っ込んだ。

「ああ、失礼、お邪魔でしたか？」

窓を開けたのは、ブーゲンビリア皇帝のエルンストだった。

「エルンスト様……っ！　いいえっ！　邪魔だなんて、そんな！　どうなさいましたの？」

ドロシーはにっこり微笑《ほほえ》み、作ったような甘い声を出す。

「中が暑かったので、少々涼みたかったのですが……」

エルンストはバルコニーから一望できる庭を見ているようだった。たくさんの薔薇《ばら》が咲き、風に乗ってここまでいい香りがする。

「とても立派な庭園ですね」

「お気に召していただけて何よりですわ。もしよろしければ、ご案内致しましょうか」

王妃が先ほどまで歪ませていた赤い唇を吊り上げ、目を細める。その顔は同一人物とは思えない。

「そうですね。実はとても興味がありまして。お願いできますか？」

「ええ、もちろんですわ！」

ドロシーが瞳を輝かせて答えると、エルンストはアンジェリカの前に手を差し伸べた。

「えっ」

「アンジェリカ姫、案内していただけますか？」

わ、私……？

まさか指名されるとは思っていなかったアンジェリカは、青い目を見開いた。

「な……っ……アンジェリカ……!?」

王妃とドロシーも、同じく驚いて大きな声を上げた。

「ええ、いけませんか？」

「エルンスト様、アンジェリカは身体が弱く、庭園に出ることは滅多《めった》にないんです。なので、満足なご案内はできないかと……ですが、私の娘のドロシーなら、しっかりとご案内が……」

「ええ、どうかお任せくださいませっ！」

ドロシーはアンジェリカを押しのけ、前に出る。

「ああ、なるほど。では、なおさらアンジェリカ姫とご一緒させてください」

「な……っ……どうしてですか!?　どうして、私よりも、アンジェリカに……っ!?」

「私は完璧な案内よりも、見て楽しみたいだけなんです。庭園に出る機会が滅多にないのなら、い。

一緒に楽しむことができるでしょうから。アンジェリカ姫、お願いできますか？」

王妃とドロシーが恐ろしい目で見ているが、友好国の王の頼みを無下にすることなどできない。

「は、はい、私でよければ、喜んで……」

エルンストが差し伸べた手を取り、アンジェリカは王妃とドロシーを残し、彼と一緒に庭園へ出た。

背後でドロシーが癇癪《かんしゃく》を起こす声が聞こえ、ドキッとする。

後で酷い目に遭わされそうだ。

でも、エルンストが間に入ってくれてよかった。あのままなら、足が折れていたかもしれない。

踏まれた足は少しの間痛んだが、歩いているうちに気にならなくなった。

「わあ……」

夜に庭園へ出るのは、初めてだ。見事に咲いた薔薇が、月明かりに照らされとても美しい。

なんて綺麗なのかしら……。

こうして堂々と歩くのも初めて。

部屋から出るなと言われても、どうしても息が詰まって外に出る時は、見つからないように願いながら、身を縮めて歩いていた。

「足は大丈夫ですか？」

「え？」

「踏まれていたようなので」

「……っ！」

見られていたのね……！

王妃と姫が、側室の子を痛めつけているなどという事実、他国に自国の恥を晒《さら》すようなものだ。

なんとか誤魔化《ごまか》さないと……。

「い、いえ、足なんて……」

燃えるような赤い瞳が、誤魔化そうとするアンジェリカをジッと見ている。

どうしよう……。

この瞳に見つめられると、嘘を吐《つ》くことがとても重罪に感じる。

すべてを見透かされてしまいそうだ。

「誤魔化さなくてもいい。かつて俺も、継母《ままはは》にそうされていた」

「えっ」

そうされていた？　私と同じ……ということ？

　エルンストの母だった王妃は、彼が六歳の時に流行《はや》り病で亡くなった。その後には側室だった女性が王妃の座に就き、同じ年に子を産んでいる。

　彼女に酷い目に遭わされたのだろうか。どんなことをされたのだろう。

「堅苦しい喋《しゃべ》り方は、やめていいか？」

「え、ええ、ご自由になさってください」

「それで、足は大丈夫か？　そこのベンチに座ろう」

「あ……っ……え、えっと、大丈夫……です……なので、大丈夫です。それよりも、庭園をご覧になってください」

「いや、別に興味がないからいい」

「え？　でも、先ほどは興味があると……あっ」

もしかして、私をあの場から助けるために、嘘を吐いてくれたのかしら。

「どうかしたか？」

「い、いいえ、なんでもありません」

「あなたが見て回りたいと言うのなら話は別だが、まずは足を見せてみろ」

「本当に大丈夫です……」

「大丈夫かどうかは、俺が見て判断する」

「えっ……ええっ」

手を引かれ、ベンチに座らされた。

「どちらの足を踏まれた？」

「右足を……」

「右か。脱がせるぞ」

エルンストはアンジェリカの前に跪《ひざまず》くと、靴を脱がせてまじまじと眺める。

「少し赤くなってはいるが、折れてはいないようだな」

人に素足を見せるなんて初めてで、顔が熱くなる。

は、恥ずかしいわ……。

見せているのは足なのに、まるで裸でも見られているような気分になってしまう。

「本当に大丈夫そうだな。よかった」

「は、はい……」

エルンストはアンジェリカに靴を履かせると、自身も隣に座った。

ふわりと爽やかな香りがする。薔薇の香りよりも、ずっといい香りだ。

「身体が弱いと言うのは、本当か？」

「は……」

肯定しそうになったが、彼の前ではどんな嘘も見透かされてしまいそうだと思い、アンジェリカは首を左右に振った。

「……いえ、本当は健康です」

「やはりな。じゃあ、この庭園は熟知しているだろう?」

「庭園のことをよく知らない……というのは、本当です。部屋から出ることを……」

部屋から出ることを禁じられているというのは、さすがに他国の王に口外するのはまずいと感じ、口を噤《つぐ》む。

「部屋から出ることを……なんだ?」

「あ……えっと、部屋からあまり出ないので」

「……そうか」

嘘は吐いていない。部屋からあまり出ないのは、自分の意思ではないとはいえ事実なのだから。

「あの、私からも、質問をしてもいいでしょうか」

「ああ、構わない」

「先ほどは、私を助けるために、庭園を案内してほしいと仰ったのですか?」

「……いや、庭園に興味があっただけだ」

「えっ……でも、興味がないと……」

もしかしたら、私が気にしないように、庭園に興味があるふりをしてくださっているのかしら。

「……ありがとうございます」

「何がだ？」

「いえ、なんでもありません」

きっと、そうに違いないわ。優しいお方……。

人の優しさに触れるのは、どれくらいぶりだろう。

胸の中が温かくて、少しくすぐったい。

「アンジェリカ姫、昔、海の近くに住んでいたことはないか？」

「えっ！　はい、住んでいました」

母の生家であるウィルソン男爵家の領地は海に面していて、屋敷も海の近くにある。アンジェリカは五歳まで、そこで育った。

幼い頃の記憶なので、忘れていることも多いが、素足で砂浜を歩くのも、潮風の匂いも大好きだったことは覚えている。

「……やはりか」

「あの、どうしておわかりになるのですか？」

エルンストはジッと黙って、アンジェリカを見つめる。

「エルンスト様？」

「実は、そういった不思議な力がある」

「そうなんですか⁉　すごいです！」

自室でほとんどの時間を過ごすアンジェリカは、こっそり図書館から本を借りてきて、一日中読んでいる。

様々なジャンルを読むが、中でも好きなのはファンタジー小説だ。

特に辛い時は、主人公になったつもりになり、現実逃避をするのがアンジェリカの気の紛らわし方だった。

ファンタジー小説のように不思議な力を実際に持つ人が、本当に存在しているなんて……！

アンジェリカが興奮した様子で身を乗り出すのを見て、エルンストは目を丸くし、ククッと笑う。

「冗談だ」

「……えっ！　あ……っ……そ、そうなんですね。私、てっきり、本当にそういったお力があるのかと思ってしまいました」

　そう答えると、エルンストは口元を綻ばせる。

　もしかしたら、自分が知らないだけで、海の近くに住んでいると、一目見るだけでわかるような特徴があるのかもしれないと、アンジェリカは心の中で納得した。

　ワルツの音が、聞こえてくる。

「ホールの音は、ここまで聞こえるのですね」

「そうだな。……足は痛むか？」

「いいえ、もう平気です」

「そうか。じゃあ……」

　エルンストは立ち上がると、アンジェリカに手を差し伸べた。

「アンジェリカ姫、一曲踊ってくれないか？」

「えっ！」

　エルンスト様と、ダンスを……？

　アンジェリカは頬《ほお》を染め、その大きな手を取って立ち上がった。

「はい、喜んで……あ、でも、私……ダンスはあまり上手じゃなくて……」

「奇遇だな。俺も上手じゃない。だが、気にすることはない。ここでは、誰にも見られない。

上手じゃない同士、気取らず踊ろうじゃないか」

「ええ、よろしくお願いします」

月明かりの下、アンジェリカはエルンストとダンスを踊る。

上手じゃないだなんて、嘘だわ。

エルンストのダンスはとても素晴らしく、自分までダンスが得意になったような気分になるくらいだった。

私が気兼ねなく踊れるように、謙遜した言葉をくださったのだわ。

なんて優しい方なのかしら……。

「上手じゃないか」

「いいえ、エルンスト様がお上手だから、私も上手に踊れているんですよ」

「そんなことはない」

「ふふ、ご謙遜なさらないでください」

さっきは音楽を聴いていると、胸がざわざわした。でも今は、とてもドキドキする。

こんな気持ちは、生まれて初めて……エルンスト様と一緒に居ると、とても心地いいわ。

でも、夢のような時間は、もうすぐ終わりだ。今日が終われば、また辛い日々が戻ってくる。

ずっと、この時間が続けばいいのに……。

「……実は私、パーティーに出るのは、今日が初めてなんです」

「そうだったのか」

「ええ、ダンスも先ほどお誘いしてくださった方とは踊らなかったので、今が初めてで……初めてのダンスのお相手が、エルンスト様でよかったです。素敵な思い出をくださって、ありがとうございます」

「これが最後みたいな言い方だな？」

「そう、ですね……」

今日は父が気まぐれを起こして、アンジェリカを出席させるようにと命じたから起きた奇跡みたいな日――でも、もうこんなことがあるかなんてわからない。

これが最後であっても、何もおかしくない。

エルンストは、アンジェリカの腰をグッと引き寄せた。

「あ……っ」

「アンジェリカ姫、また踊ろう。そして、また思い出を作ればいい」

「エルンスト様……」

唇が触れてしまいそうなぐらいに顔を近付けられ、アンジェリカは頬を燃え上がらせた。心臓が飛び出してしまいそうなほど、脈打っている。

「約束だ」

「は、はい……」

こんな奇跡みたいなことは起きないのに、ドキドキするあまり約束をしてしまう。

曲が終わると同時に、エルンストは身体をゆっくりと離した。

あ……もう、終わり……。

アンジェリカは彼の温《ぬく》もりに名残惜しさを感じ、そんな感情を抱いていることに恥じらいを覚える。

強い風が吹いて、アンジェリカの銀色の髪が舞い上がった。

「風が出てきたな。そろそろ中に戻るか」

エルンストはジャケットを脱ぐと、アンジェリカに羽織らせる。

「あっ……これでは、エルンスト様が冷えてしまいます」

「俺は寒くないから気にするな」

本当にお優しい方……。

ジャケットからはエルンストの爽やかな香りがして、まるで抱きしめられているように感じて、心臓がさらに早く脈打った。

◆◇◆

国王の誕生祭は、つつがなく終了した。

夢のような時間を終えたアンジェリカが部屋に戻ると、すぐに王妃とドロシーがやってきて、ドロシーに突き飛ばされた。

「きゃ……っ」

幸いにも後ろはベッドで怪我《けが》せずに済んだが、床なら確実に怪我をしていたと思うほどの力だった。

「エルンスト様との散歩は楽しかった？　よかったわね。ああやって散歩できるのは、あれが最初で最後よ」

「エルンスト様は、卑しくて醜い存在のお前に同情して、誘ってくださっただけよ。ドロシーに勝ったなんて思わないことね。お前が私の娘に勝てるものなんて、何一つとしてないのだから」

王妃がツカツカとヒールを鳴らし、アンジェリカの目の前で立ち止まった。

「……っ」

また、叩《たた》かれるのだろうか。

アンジェリカは日々、精神的な虐待だけでなく、肉体にも暴力を受けていた。

咄嗟《とっさ》に目をギュッと瞑《つぶ》り、顔を庇《かば》うように両手を出す。

あ……っ！　いけない！　やってしまったわ。

こうして抵抗すると、ますます酷い目に遭わされる。被害を最小限にするためには、抵抗せずに受け入れ、ひたすら謝り続けなければならないのに。

しかし、いつまで経《た》っても痛みは訪れなかった。

あ……ら？

恐る恐る目を開けると、王妃が唇を吊り上げてアンジェリカを見下ろしている。

その恐ろしい笑みに、ゾクッと鳥肌が立った。

嫌な予感がする。

「アンジェリカ、お前にはやってもらいたいことがあるの」

「私……に？」

王妃はアンジェリカの耳に唇を寄せ、そっと囁《ささや》いた。

「エルンストを殺しなさい」

エルンスト様を、殺す？　私が？

あまりにも恐ろしい命令を下され、アンジェリカは目の前が真っ白になる。

「な……ぜ……なぜ、そんなことを仰るのですか⁉」

「エルンストには、血縁がいない。あの男が全員殺したからね。あの男が死ねば、国が乱れることは間違いないわ。そこを我が国が攻め込めば……それはとても素敵なことになると思わない？」

ブーゲンビリア国に、戦争を仕掛けるつもりなの⁉

アンジェリカは、すぐさま首を左右に振った。

「お、思いません……っ……きゃっ！」

閉じた扇で右の頬を打たれ、ジンとした痛みが広がる。

「そう、卑しい娘だから、わたくしの崇高な考えがわからないのね」

「……っ……これは、お父様のご命令ですか？」

「いいえ、わたくしが考えたのよ。お前がエルンストを殺すことができたら、ご提案することにするわ」

「……っ……ですから、そんなことは、できません」

アンジェリカが震えながら断ると、王妃は大きなため息を吐いた。

「わたくしに口答えをするなんて、また、教育が必要ね」

王妃はアンジェリカの両頬を何度も叩き、飽きると扇の先で豊かな胸を強く突いた。

「痛……っ」

「お前は頭が悪いから、わたくしが作戦を考えてあげるわ。エルンストの部屋に入って、このいやらしく育った身体を使って、色仕掛けで迫りなさい」

「な……っ」

「油断したところをこれで刺せばいい」

王妃は鞄《かばん》からナイフを取り出し、ベッドの上に投げ置いた。

「使いなさい」

「わ……私、できません……！　殺人なんて、そんな……恐ろしいこと……っ！」

「あら、お前は、もうすでに一人殺しているじゃない」

「え……」

「お前の母親は、お前を産んだことが原因で死んだのだから、お前が殺したようなものでしょう？」

アンジェリカの青い瞳から、ポタポタと涙が零《こぼ》れる。

自分のせいで母が死んでしまったことは事実だが、改めて言われると、息が出来なくなるほど胸が苦しい。

「ふふっ！　みっともない泣き顔ね。さっきまで調子に乗っていたくせに、いい気味だわ」

王妃の後ろで、ドロシーがクスクス楽しそうに笑う。

「アンジェリカ、早くそのナイフを拾いなさい」

「私、できません……！　どうかお許しください……！」

「……どうしてもできないの？」

一際冷たい声で尋ねられ、アンジェリカは震えあがる。

「は、はい……できません……」

「自分の母親を殺しているのに？」

「……っ……そ、それでも……できません……」

「そう……それじゃあ、仕方がないわね」

よかった。許してもらえた……。

安堵《あんど》するアンジェリカに、王妃は恐ろしい一言を発した。

「お前ができないのなら、代わりにウィルソン男爵家を全員皆殺しにしてやるわ」

「な……っ……ど、どうして……ウィルソン男爵家は、何も……っ」

「何も関係がないと言いたいの？　あるに決まっているでしょう。国王を誑かすような卑しい娘と、初めてのパーティーで浮かれて、次々と男性を誑かす孫を輩出した家なのだから、十分関係があるわ」

「やめてください……っ！　ウィルソン男爵家には、手出しをしないでください！　私はどんな罰でも受けます！　ですから……きゃっ！」

王妃は必死に懇願するアンジェリカの頬を、再び扇で打った。

「王妃であるこのわたくしが、お前のような卑しくて醜い娘の願いを受け入れると思って？本当に母親に似て愚かね」

「……っ……お許しください……王妃様……お願いです……なんでもしますから……」

王妃が許してくれるとは思わない。それでも、アンジェリカにできることは、懇願することだけだ。

王妃はアンジェリカの髪を掴んで引っ張り、恐ろしい顔を近付けた。

「痛……っ」

「お前がエルンストを殺すか、わたくしがウィルソン男爵家を皆殺しにするか、どちらかよ」

「そんな……」

「どちらが大事か、考えなさい」

絶望で涙を流すアンジェリカを見て、王妃とドロシーはとても楽しそうに笑う。

王妃はナイフの隣に、鍵を置いた。

「エルンストが使っているゲストルームの鍵よ。今夜中にエルンストを殺せない場合は……い

いわね？」

王妃とドロシーはクスクス笑いながら、呆然とするアンジェリカを残して部屋を出て行った。

「ねえ、お母様、エルンスト様は、アンジェリカなんかの誘いになんて乗らないわよね？」

「ええ」

「本当に乗らないわよね？　さっきだって私じゃなくて、あいつに庭園を案内させていたけれど……」

「ドロシー、言ったでしょう？　アンジェリカに庭園を案内させたのは、同情したからだって」

「そうよね。エルンスト様が、あんな卑しくて醜い女の誘いになんて乗るわけがないわよねっ」

「それにあのお方は、本来は血の繋がった者を殺すほど残虐な方だもの。同情を見せたのは気まぐれ。自分を殺そうとした相手を許すはずがないわ」

「ふふっ！　ようやくあいつが消えるのね」

「ええ、そうよ。ようやく目障りな害虫が消えるわ。ああ、楽しみね」

「ねえ、お母様……私、エルンスト様のお嫁さんになれる？」

「そんなにあの方が好きなの？」

「だって、あんなに綺麗な人は初めて見たもの。私、絶対にお嫁さんになりたいわ」

「あの方にはまだご婚約者もいないはずだし、あなたはとても可愛いもの。こちらから申し出れば、喜んでお受けしてくださると思うわ。でも、自分の身内を殺す人間だもの。そんな方の元に可愛い娘を嫁がせるのは、正直心配だわ……」

「大丈夫よ！　エルンスト様のご家族は、エルンスト様のご不興を買ったのよ。でも、私って可愛いし、すごく愛嬌《あいきょう》があるし、誰からも可愛がられるでしょう？　エルンスト様も絶対私に夢中になるわ」

「そうね。じゃあ、アンジェリカの始末が終わったら、お父様に相談してみましょう。きっとお話を通してくれるはずよ」

「うふふ、楽しみっ！　お母様と離れて住むのは寂しいけれど、新しい土地で暮らすのも素敵だわ。お母様、絶対に遊びに来てね」

「ええ、絶対行くわ。それに可愛い孫を見られるのも楽しみ」

「やだっ！　お母様ったら、気が早いんだからっ！　うふふ」

「さあ、今日は疲れたでしょう？　お部屋に帰って、ゆっくり休みましょう」

長い廊下には、二人の楽しそうな笑い声が響く。

アンジェリカは遠くにその笑い声を感じながら、呆然として涙をこぼし続けた。

――もう、これしかないのよ。

◆◇◆

深夜、アンジェリカは、屋上へ続く階段を上っていた。その手には、ナイフも鍵も持っていない。

エルンストを殺すのも、自分を五歳まで大切に育ててくれたウィルソン男爵家の人たちを殺されるのも、どちらも嫌だ。

それなら、自分が消えてしまえばいいと考え、アンジェリカは飛び下りるために城で一番高い時計塔へのぼっていた。

涙で視界が歪んで、時折躓《つまず》きながらもなんとか最上階に着いた。

星空が広がり、街の明かりが見える。

綺麗――……。

目の奥が熱くなって、涙が溢れる。

最後に綺麗な景色が見られてよかった。

アンジェリカは一歩、また一歩と進み、とうとうあと一歩進めば、落ちるところまでやってきた。

怖い……でも、人を殺すのも、大切な家族を殺されるのも嫌だ。

ふと下を向くと、あまりの高さに目の前がクラリと真っ暗になり、身体がガクガクと震え出す。

落ちたら、痛い……かしら。痛いわよね。

「……っ」

ごくりと喉を鳴らし、首を左右に振る。

見るから怖いのよ。目を瞑ってしまえばいいわ。

痛いのは一瞬で、すぐに楽になれる。死んでしまえば、もう王妃やドロシーからも、他の義母兄姉たちからも蔑《さげす》まれずに済む。

そうよ。一瞬……ほんの一瞬、我慢すればいいだけだわ。

最後に思い出したのは、エルンストの顔だった。

エルンスト様と最後に踊ったダンスの時間が、私の人生で一番楽しい時間だったわ……。

アンジェリカは深呼吸をし、身を投げようとした。

痛みを覚悟していたのに、腰を何かに掴まれた。

え……っ!?

次の瞬間、ふわりと爽やかな香りがアンジェリカの鼻腔《びこう》をくすぐる。

この香りは——……。

驚いて目を開けると、エルンストに後ろから抱き抱えられていた。

「……っ……エ、エルンスト様？　どうしてここに……」

「どうしてと聞きたいのは、俺の方だ。何をしている」

「それは……」

「飛び下りようとしたな？」

誤魔化そうとしていたが、当てられたことで新たな涙が溢れた。

「……っ……見逃してください。私は今夜中に死ななければいけないんです……っ」

手足をじたばた動かしても、エルンストの腕はビクともしない。

「なぜだ？」

「それは……」

自国の恥を、友好国の王に晒すなんてできない。それに、エルンストの暗殺を企てたことを口にしては、戦争が勃発してしまうかもしれない。

「言えません……お願いです……見逃してください……私が死なないと……」

「何か困っていることがあるのなら、俺が助ける」

「離してください……」

「今夜中に死ななければならないというのなら、まだ時間はあるはずだ。死ぬのは、話をしてからでも遅くないだろう？」

　確かにそうだけれど……。

「アンジェリカ姫、死ぬのは後にして、俺の部屋に来て話さないか？」

最後に話したのが、自分を憎んでいる王妃とドロシーなんて悲しすぎる。

死ぬ前に思い出を作りたい。

「はい……」

アンジェリカは涙を拭い、頷《うなず》いた。

「よかった。では、行こう」

「はい」

しかし、エルンストはいつまで経ってもアンジェリカを下ろそうとせず、そのまま歩き始めた。

「あ……っ……エルンスト様、私、自分で歩けます」

「裸足《はだし》で歩くつもりか？」

「え？　あっ」

飛び下りようとした時に、靴を落としてしまったらしい。

「わ、私は、裸足でも大丈夫で……」

「駄目だ。いい子だから、ジッとしていろ」

耳元で低く甘い声で囁くように言われ、アンジェリカは気が付くと「はい」と言っていた。

彼に言われると、何でも従ってしまいそうだ。

彼の腕の中はとても温かくて、いい香りがして、肌が触れたところから心音が伝わってくると、なんだかとてもホッとする。

最後の思い出が、王妃に叩かれた出来事で終わらなくてよかった。

嫌なことだらけの人生だったが、神様は最後に贈り物をくれるようだ。

エルンストは部屋に着くと、アンジェリカをソファに座らせ、自らの手で紅茶を淹《い》れてくれた。

「ありがとうございます」

いい香り……。

紅茶を飲むなんて、いつぶりだろう。

温かくて、美味《おい》しくて、涙が出てくる。

アンジェリカの隣に腰を下ろしたエルンストも、自らが淹れた紅茶を飲む。

こうしてエルンストとお茶を飲んでいる状況が、不思議で仕方がない。

「それで、どうして死のうとしていたんだ?」

本当のことは、とても言えない。

アンジェリカが口を噤んでいると、エルンストがもう一口紅茶を飲んだ。

「誰かに口止めをされているのか?」

「いえ、そういうわけでは……」

「俺には話したくないか?」

「違います……っ」

本当は、話してしまいたい。この辛い心の内を聞いてほしい。

そう思うのは、生まれて初めてだった。

どんなに辛い思いをしても、周りには自分の気持ちを聞いてほしいと思える人は誰もいなかった。

エルンスト様に、聞いてほしい。でも、言うわけには……。

気まずさを誤魔化すように、アンジェリカは紅茶を飲み続ける。

「…………だが、あなたがどんなに話したくなくても、言ってしまうことになるぞ」

「え？　どういうことですか？」

「その紅茶には、自白剤を混ぜておいた」

「じはくざい？」

「ああ、知らないか？　あらゆる秘密を話さずにはいられなくなる薬だ」

「……っ⁉」

そんな薬があったの……⁉

「そろそろ効いてくる頃だろう」

ど、どうしよう……。

両手で口を押えるが、話したい衝動が込み上げてくる。

「我慢しても無駄だ。この薬はどんな拷問にも耐えた屈強な男でも、たちまちに自白してしまう強い薬だからな」

そんなすごい人でも、話してしまうの……⁉　それじゃあ、私が耐えられるはずがないわ。

口元がムズムズしてきた。

ど、どうしよう。

アンジェリカは口元を押さえたまま、慌てて立ち上がって自室に逃げ帰ろうとしたが、扉の取っ手を掴んだ瞬間、エルンストの手が後ろから伸びてきて彼女の手を掴んだ。

「あっ」

「逃がさない。観念して話せ」

「……っ」

もう、逃げられない。

ポロポロ涙をこぼすアンジェリカを見て、エルンストは彼女の涙を指で拭う。

「自分の意思で話すのではなく、俺が薬を飲ませたせいで話すことになったのだから、あなたのせいではない。だから罪悪感など覚える必要はないぞ」

「エルンスト様……わ、私……」

「話してくれ。なぜ、今日中に死ななければいけないんだ?」

「実は……」

観念したアンジェリカは、再びエルンストと並んでソファに座り、泣きながらすべてを話した。

自分の生い立ち、王城に来てから周りに虐げられて育ったこと、王妃に睨まれて社交界には出席を認められていないこと、今日のパーティーは父の希望で初めて出席となったこと、そして、エルンストに夜這《よば》いをかけたふりをして暗殺しろと命じられ、失敗すれば母の生家の全員を皆殺しにすると言われ、命を絶とうとしたこと——。

自分の話を人にするのは初めてで、お世辞にも上手とは言えない話し方だった。

何度もつかえたし、意味が通じなくて何度も質問され、説明し直したことで通じたこともある。

それでもエルンストはまったく苛立《いらだ》った様子を見せず、根気強く、真剣に聞いてくれた。

「俺を殺す選択肢はなかったのか？」

「とんでもない……！　できません。そんなこと……」

「そうか……あなたは俺と母親の生家を守ろうとして、自らの命を絶とうとしたのか。勇敢だな」

頭を撫《な》でられると、新たな涙が出てくる。

まさか、褒められるだなんて思っていなかった。

「我が国に頼って生きていながら、暗殺を企てるとはな」

「あ……っ！　でも、これは王妃様が思いついたことで、お父様はまだご存知《ぞんじ》ありません……ですから、どうか戦争だけは……」

「……自分を守ってくれない国を守りたいのか？」

「守るだなんて、たいそうなことは……でも、無関係な国民を危険に晒すのは、嫌です……」

「そうか。……俺は、戦争など仕掛けないから、安心しろ」

「本当ですか？」

「ああ、前皇帝は侵略戦争に積極的だったが、俺はそれが嫌で、奴《やつ》の首を落としたのだからな」

「そうだったのですか……？」

「ああ」

王位が欲しいばかりに反逆を起こしたように話が伝わっているが、エルンストはこれ以上の悲しみを生まないために動いただけだった。

恐ろしい人だと言われていたけれど、逆だわ。この方は、とても優しい。

そうでなければ、アンジェリカを心配して追いかけてくることもなければ、自殺を止めることもなかった。

「私の事情は、以上です。王妃様が目覚める前に、命を絶たなくては……」

「待て」

エルンストは腰を上げたアンジェリカの手を引き、再び座らせる。

「死ぬのなら、別の道を歩まないか？」

「別の道……？」

一体、どんな道があるというのだろう。アンジェリカには何の力もない。

「ああ、俺の妃となって、ブーゲンビリア国の王妃となる道だ」

「…………え？」

今、なんて……？　エルンスト様の妃になる？　ブーゲンビリア国の王妃？　聞き間違いよね？

「俺の妃になるのは、嫌か？」

やっぱり、聞き間違いなんかじゃなかった……！

「いっ……いえっ！　とんでもございませんっ！　あの、驚いてしまって……そ」

「じゃあ、決まりだな」

「ま、待ってください……！　私のように身分が低い者が、王妃だなんて……それに私がいなくなっては、ウィルソン男爵家が……」

「姫なのだから、立派な身分だろう。それから、ウィルソン男爵家のことは心配するな。俺がなんとかする」

「姫と言っても、お母様は男爵家の娘で、決して身分が高いわけではないんです」

「ブーゲンビリア国の歴代王妃の中には、庶民の娘もいたから気にしなくてもいい。それよりも大事なのは、あなたの気持ちだろう」

「私の気持ち……」

そんなの、一度も大事にしたことがなかった。

「アンジェリカ姫、あなたはどうしたい？　このまま死にたいか？」

アンジェリカは首を左右に振った。

「死にたくないです……私でいいのでしたら、どうかエルンスト様の妃にしてくださいっ……」

「ああ、あなたがいい」

何も持っていないのに、私がいいなんて言ってくださるなんて……エルンスト様は、本当にお優しい方だわ。

「そうだ。あれが必要だ」

「あれ？」

「何かないか……ああ、あれがいい」

あれとは、なんのことだろう。

アンジェリカが首を傾《かし》げていると、エルンストは立ち上がって花瓶から一輪の花を取って、茎についた水を丁寧に拭った。

「エルンスト様、お花をどうなさるのですか？」

「こうする」

アンジェリカの左手を取ると、花の茎を薬指に結び付けて指輪にした。

「指輪……」

「今日のところは、これで我慢してくれ。ちゃんとしたものは、国に帰ってからすぐに作ろう」

エルンストはその場に跪くと、アンジェリカの左手にちゅっと口付けた。

「あっ！　エルンスト様……」

「アンジェリカ姫、私と結婚していただけますか？」

唇が触れた左手の甲と、頬が燃え上がるように熱い。

「は、はい……どうかよろしくお願い致します」

アンジェリカの答えを聞いて、エルンストは口元を綻ばせた。

凛々しいお顔も素敵だけど、笑ったお顔も素敵……。

アンジェリカが胸を高鳴らせていると、エルンストは再び彼女の隣に座った。

「あの、私の他には、何人のご側室がいらっしゃるのでしょうか」

エルンストには正妃と側室はいないとは知っていたが、最新情報は入手していないのでわからない。

どういう人たちがいるのか、緊張するので事前に知っておきたかった。

血が繋がった腹違いのきょうだいたちとも上手くやっていけないのに、他の妻たちと仲良くできるか不安だ。

「側室は持たない。俺の妻は、お前だけだ」

「えっ！　そうなのですか？」

「嫌か？」

「まさか！　私のお父様には何人もご側室がいるので、それが当たり前の感覚になっておりまして」

「まあ、珍しい話ではないな。ブーゲンビリア国の歴代の王も、何人も側室を持っていた者もいるが、俺は一人でいい」

「そうなのですね」

他の妻たちと仲良くできるか問題がなくなったので、アンジェリカはホッと安堵した。

「俺の愛は、恐らく重いぞ。それを一身に受けるのだから、覚悟しておけ」

エルンストは、ニヤリと意地悪な笑みを浮かべる。

愛が重いとは、どういうことなのだろう。よくわからないけれど、エルンストを見ていると、心臓の音が早くなる。

「は、はい、覚悟します」

「いい心がけだ」

壁に掛けられていた時計を見ると、かなり深い時間になっていた。

「こんな時間までお邪魔してしまい、申し訳ございません。私はこれで失礼します」

「待て、戻っては駄目だ」

「え？　どうしてですか？」

「朝まで王妃が来ない保証はない。王妃が来たら、また酷い目に遭わされるだろう？」

「あ……っ」

そうよね……私の部屋の鍵は、王妃様が持っているもの。

「今、アンジェリカ姫は、俺に夜這いをしていることになっている」

「は、はい」

「王妃は、確実に失敗すると思っているだろう」

「えっ！　そうなんですか？」

「ああ、いくら油断しているとはいえ、軍人の俺に勝てるとは思っていないはずだ。王妃の狙いは俺があなたを殺すこと。自分以外の手で、あなたを始末することのはずだ」

「始末……」

目の前が真っ暗になる。

「今頃、俺に殺されていると思っているだろうな。愚かな女だ」

エルンストの赤い瞳には、怒りが宿っていた。

「アンジェリカ姫、このまま俺の部屋に泊まってくれ」

「えっ！　エルンスト様のお部屋に……ですか⁉」

驚きのあまり、声が裏返ってしまった。

「ああ、そして朝になったら、二人で国王に謁見して結婚を請おう。王妃とその娘から見れば、夜這いが成功したように見えるな」

エルンストは悪戯《いたずら》が成功した子供のように笑い、アンジェリカの長い髪を指で弄《いじ》って遊ぶ。

「お父様が、認めないと言ったら……」

そんなことになったら、どうしよう……。

不安で胸が押し潰されそうで、アンジェリカは服の上からギュッと左胸を押さえる。

「ネモフィラ国への食料輸入のすべてを打ち切ると言ってやろう」

ブーゲンビリア国から輸入される食料がなければ、ネモフィラ国は飢えてしまう。それを言われれば、確実に認めてもらえるはずだ。

「もう、この国には置いておきたくない。明日、国王の謁見が終わったら、すぐ一緒にブーゲンビリア国へ行こう」

もう、この国にいなくていい。もう蔑まれる日々を過ごさなくていい。暴言に心を痛めることも、暴力に怯えなくてもいい。

まさか、自分にこんな日が来るだなんて思わなかった。

アンジェリカは嬉《うれ》しさのあまり涙を流し、何度も頷く。

知らなかった。涙って嬉《うれし》しい時にも出るものなのね。

エルンストは涙を流すアンジェリカを心配そうに覗《のぞ》き込《こ》む。

「酷い目に遭っていたとはいえ、国を離れるのは寂しいか？」

「いいえ……この涙は、離れられることが嬉しいからです。エルンスト様、ありがとうございます……」

「そうか」

エルンストは次から次へと溢れるアンジェリカの涙を拭い、髪を撫でてくれた。

「あの、この自白剤はいつまで効果があるのでしょうか？　明日の謁見で、余計なことを話しそうで怖くて……」

「ああ、あれは嘘だから大丈夫だ」

「………えっ⁉」

どういうことなの⁉

「すまない。ああでも言わなければ、教えてくれなさそうだったものだからな。でも、あんなにあっさり信じてくれるとは思わなかった」

「で、でも、本当に口がムズムズしました……」

「思い込みの力は、すごいからな。どこかの国の人体実験で、『お前は不治の病だ』と言い続けていたら、健康だった被験者は見る見るうちに衰弱して、死んでしまったらしい」

「そうなのですか？　すごいです……でも、騙していただいてよかったです。お話していなかったら、私は死のうと思っていましたから」

「ああ、騙されてくれてよかった。まあ、絶対に死なせるつもりはなかったが」

エルンストはアンジェリカの頭をポンと撫でる。

「ウィルソン男爵家の件だが、一応、護衛の兵を手配しておこう。俺の婚約者の実家だから、大切にしたいと言えば問題なく配置できるだろう。ウィルソン男爵夫妻が嫌でなければ、ブーゲンビリアに移住してもらうのもいいんじゃないか？」

「何から何まで、本当にありがとうございます。私、どうお礼をしたらいいか……」

「俺がしたいからそうしているだけだ。礼など気にしなくていい」

「そんなわけにはいきません。私にできそうなことがございましたら、なんでも仰ってください」

「なんでも……か」

エルンストは自身の顎に手を当て、考え込む。

何をお願いされるかしら。何も持っていない私が、エルンスト様のように立派な方にできることなんてあるのかしら。

「じゃあ……」

「は、はいっ」

「アンジェと呼んでいいか?」

「えっ!」

そんなことでいいの……⁉

「嫌か?」

「と、とんでもございません! あの、そんなことでよろしいんですか?」

「ああ、これがいい。アンジェ」

アンジェ……。

ウィルソン男爵家で過ごしていた時は、祖父母にそう呼ばれていた。

それから、誰かにもそう呼ばれていたような気がするけれど――……。

頭の中に靄《もや》がかかって、思い出せない。

王城に来てからというもの、ウィルソン男爵家との扱いの差があまりに辛かった。

比べるたびに悲しくて堪《たま》らなくて、次第に、思い出さなければ辛くならないのでは？　と考えるようになり、意識的にウィルソン男爵家での出来事を考えないようにしていた。

そうして成長していくうちに記憶に靄がかかったようになり、やがて思い出せる出来事が少なくなったのだ。

どんな風に呼ばれていたか、どこで遊んでいたか……などは、断片的には覚えているが、思い出せないことの方が多いのが悲しかった。

そして自分を大切に育ててくれた祖父母に不義理をしている気がして、罪悪感で胸が苦しくなる。

アンジェリカは祖父母に会うことも禁じられていたので、会って話すこともできずに、思い出すきっかけも得ることができなかった。

貴族であるアンジェリカを愛称で呼べるのは、ウィルソン男爵家では祖父母だけだ。

周りに住んでいた歳の近い子供と友人になって、愛称を呼ばれていた？　……ううん、違う。あの人とは歳が少し離れていたわ。

――あの人って、誰？

もっと深く考えようとしたら、頭の奥にズキッと痛みが走る。

「痛っ」

「どうした？　頭が痛むのか？」

「昔のことを思い出そうとしたら、頭が痛くなってしまって……でも、もう大丈夫です」

「昔のこと？」

「はい、祖父母もアンジェって呼んでくれていたんですが、他にも誰か私のことをそう呼んでくれていた人がいたような気がして……誰だったかしら」

思い出そうとすると、やはり頭が痛む。

「痛……」

「大丈夫か？」

「はい、いつものなので。昔のことを思い出そうとすると、頭が痛くなるようになってしまいまして……」

「辛いのなら、無理に思い出さない方がいいだろう」

「そう、ですね……」

でも、なんだか、すっきりしないわ。

――とても大切な思い出だった気がする。

アンジェリカが再び考えこもうとすると、エルンストが彼女の頬に触れた。

「先ほどから思っていたが、頬が少し腫れていないか？」

「あ……王妃様に叩かれたからだと思います」

「あの女狐、今すぐ殺してやりたい……」

物騒なことを口にするエルンストの大きな手は、とても温かい。

「冷やした方がいいな」

「いえ、もう痛くないので大丈夫です。それよりも、あの、もしよろしければ、もう少しこのまま触れていて、いただけますか？」

こうして触れられていると心地よくて、アンジェリカは思わずその手を掴み、頬を擦《かす》りつける。

「ああ、もちろんだ……だが、アンジェ、二人きりの時にそんな可愛いことをされると、理性が崩れそうになる」

「理性……ですか？」

「そうだ」

「えっと、理性が崩れるとどうなってしまうのでしょうか？」

キョトンと目を丸くするアンジェリカに、エルンストは顔を近付けた。

エルンスト様の綺麗なお顔が、こんなに近くに……！

「あっ……あの……あっ」

顎を指で持ち上げられ、さらに顔を近付けられる。

「エ、エルンスト……様……？」

「理性が崩れると、こうしてアンジェの唇を奪いたくなったり、押し倒したくなる」

唇……!?　押し倒したくなる……!?　そ、それって……そういうことよね？

「そうなっては困るだろう？」

エルンストの発言に驚きはしたが、嫌悪感はまったく覚えなかった。むしろ、もっと触れてほしいと思ってしまう。

「あの……困らない場合は、どうしたらいいのでしょうか」

質問し返すと、エルンストがルビーのような瞳を丸くした。

「本気で言っているのか？」

「はい」

「……一度崩れた理性は、そう簡単に元には戻らないからな」

エルンストはアンジェリカに顔を近付け、ちゅっと唇を重ねた。

「ん……っ」

エルンストの唇はとても柔らかく、温かかった。

一度離れたかと思いきや、もう一度重ねられ、角度を変えながら、ちゅ、ちゅ、と吸われた。

「んっ……んっ……」

これが口付け……とても心地よくて、幸せな気持ちになるわ。

「……困っていないか？」

アンジェリカから唇を離したエルンストは、探るように彼女を見つめて尋ねる。

「はい……なんだかこうしていると、とても幸せな気持ちになりますし、あの、とても気持ちがいいです」

「まさか、そう来るとは……」

アンジェリカの返事を聞き、エルンストは片手で額を押さえた。

「エルンスト様、どうなさいました？　んっ……」

再び唇を重ねられたかと思いきや、今度は長い舌がアンジェリカの咥内《こうない》に侵入してきた。

エルンスト様の舌が、私の中に……！

「ん……っ……ん……」

長い舌は別の生き物のように動き、アンジェリカの咥内を隈《くま》なく舐《な》めあげていく。舌が動くたびにゾクゾクと下腹部が疼《うず》き、くすぐったさと快感の両方が襲ってくる。

「んぅ……っ……ん……ふ……んん……」

気持ちいい……もっと……もっとしてほしい。

やがて長い舌はアンジェリカの小さな舌を捕らえ、ヌルヌルと絡みつけた。

「んんっ！　ん……んん……っ」

舌がとろけてしまいそうだわ……。

お腹《なか》の奥が熱くて、秘部が甘く疼き出す。

自分で触れたいと思うぐらいに疼いて、黙って座ることができず、アンジェリカは身体を動かした。

すると、花びらの間が蜜で濡れていることに気が付いた。

あ……嘘……私、濡れて……。

女性が濡れると、男性を受け入れる準備ができていることだと習った。

私の身体、エルンスト様を受け入れようとしているの？

エルンストは顔を離すと、唇を薄っすらと開き、快感で瞳を潤ませるアンジェリカを見つめた。

初めての快感に頭の中がふわふわしていて、アンジェリカは座っているのがやっとだ。少しでも押されたら、倒れてしまいそうだった。

「これでも、困っていないのか？」

「はい……」

「この先を求めても、いいということか？」

エルンストの大きな手が、ドレスの上から太腿《ふともも》をしっとりと撫でた。すると触れられてもいない秘部の間が、激しく疼く。

「……っ……は、はい……」

「……もう一度言うが、崩れた理性は、そう簡単には戻らないからな？」

エルンストはアンジェリカを抱き上げると、ベッドへ向かう。

エルンストに触れられていると、とても心地がいい。

でも、私、どうしてそう思うの？　エルンスト様は、今日初めてお会いした方なのに……他の方に求められても、こんな風に感じるの？

今日初めて会った男性たちのことを思い返し、彼らに触れられたとしたら……と考えたら、嫌悪感が湧いてくる。

私にとって、エルンスト様は特別なのだわ……。

そんなことを考えているうちに、ベッドに到着した。

アンジェリカを組み敷くと、エルンストはジャケットを脱ぎ、首元を飾っていたクラヴァットを解く。

見てはいけないものを見ている気分になるが、アンジェリカはエルンストから目が離せない。

彼の一挙一動は、すべてが美しい。

ぼんやりと見惚《みと》れていると、アンジェリカの視線に気が付いたエルンストが柔らかく微笑んだ。

「怖いか？」

「え？」

「ジッと見ているから、怖がっているのかと思ったが、違うか？」

「あ……っ……違うんです。エルンスト様がお綺麗で、見惚れてしまっただけです」

過去に習った性教育の授業を思い出す。

夫が夜の行為をしたい時は、生死に関わるような病気でない限り、絶対に受け入れなければならない。男性はそういう気分になった時、止めることは苦痛を伴うからだという。

エルンストは自分が辛いにも関わらず、アンジェリカの気持ちを大切にしてくれている。それがとても温かく、嬉しかった。

「アンジェの方が綺麗だ」

シャツのボタンをすべて外し終えたエルンストは、アンジェリカの頬を大きな手で包んだ。

本当に優しいお方……。

「いえ、私は醜いですから」

「謙遜で言っているのか？」

「いいえ、真実です。私は母に瓜二つらしく、父は母の顔が好みだったので褒めてくれますが、世間一般から見て、醜い顔立ちなのだろうということは理解しています」

アンジェリカがキリッと自分の顔の評価を語ると、エルンストは信じられないと言った様子で彼女を凝視する。

ど、どうしたのかしら。なんだか変な空気になってしまったわ。あっ！　醜いから、妻にするのが、やっぱり嫌になってしまった？

「どうして、そう思うようになったんだ？」

「え？」

「醜いと思うようなきっかけがあったのだろう？」

「え、えっと、周りの方から醜いと言われてきて、そうなのだと……」

「アンジェ、いいか？　それは嘘だ」

「……嘘？　どうして……」

「アンジェを乏しめて、悲しい思いをさせるためだ。アンジェ、あなたは誰よりも美しい。瓜二つだったというのなら、あなたの母上も美しい方だ」

「私とお母様が……？」

「そうだ。とても美しい」

長年醜いと思って生きてきたので、突然美しいと言われても、戸惑ってしまう。

「これまで貶す言葉をたくさん投げかけられてきたと思うが、それはすべて嘘だ。だから、気にすることはない。アンジェ、あなたは素敵な女性だ」

こうして褒めてもらえるなんて初めてで、アンジェリカは気恥ずかしくなる。でも、嬉しくて、頬が熱くなった。

「知り合ったばかりの俺に言われても説得力がないかもしれないが、どうか信じてほしい」

「はい、信じます」

アンジェリカがすぐに答えると、エルンストが目を丸くして笑う。

「即答していいのか?」

「はい、エルンスト様が、私を騙すわけがありませんから」

「……そうか、アンジェに信頼してもらえて嬉しい」

再び唇を重ねられ、アンジェリカは身体がとろけていくのを感じた。

頭の中がふわふわして……ああ、何も考えられなくなってしまうわ。

「んぅ……ん……っ……んん……」

アンジェリカが口付けの快感に夢中になっている間、エルンストは彼女の咥内を味わいながら、胸元のリボンを解いていた。

ボタンを外され、ドレスをずり下ろされると、コルセットが露《あら》わになる。

「あ……ぬ、脱がせてくださって、ありがとうございます。あの、私、自分で……」

「気にしなくていい。……だが、それも楽しいかもしれないな。じゃあ、脱いでみてくれるか？」

「は、はい」

楽しいかも？　脱ぐのをご覧になるのが、楽しいということ？　どうして？

起き上がって背中に手を伸ばし、コルセットの紐《ひも》を掴むがなかなか解けない。それもそのはず。今日は自分ではなく、侍女にきつく締められていたからだ。

「ん……っ……あ、あら？」

必死に解こうとするアンジェリカを見て、エルンストは楽しそうに笑う。

は、早く脱がないと、お待たせしてしまうわ……。

焦るほどに上手くいかない。

「も、申し訳ございません」

「焦らなくていい。ああ、あなたは可愛いな」

エルンストは楽しそうに笑いながら、コルセットの紐を解いた。胸元を引っ張られると、豊かな胸がプルンとこぼれる。

「あっ」

「大きいな」

アンジェリカの胸は発育が良い。

王妃はいつも彼女の胸を見て、「いやらしい胸」「大きすぎて品がない」と言ってきていたので、自分の胸は嫌いだった。

エルンスト様も、大きな胸はお嫌いかしら……。

嫌われたくない。怖い。こんな胸、恥ずかしい。

思わず自分の胸を隠そうとしたら、エルンストの手が伸びてきた。

大きな手が、アンジェリカの豊かな胸を包み込む。胸は指の間からはみ出て、収まりきっていない。

「ん……っ」

ふにゅふにゅ揉《も》まれると、肌が粟立《あわだ》った。

くすぐったくて、気持ちいい。もっと、弄ってほしいと思ってしまうことに気付き、アンジェリカは恥ずかしくて堪らない。

「ドレスを着ていた時よりずっと大きく見えるな。かなり締め付けていたんじゃないか？　苦しかっただろう」

「いえ、慣れているので……あの、胸……」

「胸を触られるのは嫌か？」

両方の胸を揉まれ、アンジェリカはくすぐったさと気持ちよさに悶《もだ》える。

「ぁ……っ……い、嫌じゃないです……気持ち……いぃ……です……」

「そうか。それはよかった。俺もあなたの胸を触るのは好きだ」

「ほ、本当ですか？　あの、大きい胸……は、お嫌いじゃ……ない……ですか？」

「嫌いじゃない。好きだ」

よかった……。

アンジェリカが安堵している様子を見て、エルンストは悟ったらしい。

「……もしかして、胸についても、王妃たちから何か言われたのか？」

「いやらしい……とか、大きすぎて品がないと……んっ……言われて……」

「細々とうるさい奴らだ。瞬《まばた》きの回数すら文句を付けてきそうだな。素晴らしい胸なのだから、気にするな」

「素晴らしい……？」

「そうだ。卑下するどころか、自慢していいぐらいだ」

大きな手で形を変えられているうちに、胸の先端がツンと尖《とが》ってきた。手の平でクリクリ擦られると、ゾクゾクする。

「んんっ……よかった……です……エルンスト様がお好きで……嬉しい……です……ぁっ……んんっ……そ、そこ……」

「そこ？　乳首か？」

胸の先端を指で抓《つま》まれると、甘い刺激が襲ってくる。

「ぁんっ！　や……そこ、触れられると……気持ちよすぎて……おかしくなりそう……でっ……あっ……あぁっ」

アンジェリカの反応を見たエルンストはニヤリと笑い、胸の先端を抓んだまま指の間で転がした。

「あっ……ぁっ……そんな……や……んんっ……だめ……エルンスト様……お、お待ちくださ……っ……あぁんっ」

秘部からとめどなく蜜が溢れ、ドロワーズは粗相《そそう》をしたようにぐっしょり濡れていた。

身体に力が入らなくなったアンジェリカは、背中から倒れてしまう。エルンストは彼女を組み敷くと、胸の先端をペロリと舐めた。

「ひぁんっ……！　ぁ……っ……エルンスト様……？　や……んんっ……」

パクリと咥《くわ》えられ、咥内でヌルヌルと舐められると、未知の快感がやってくる。

「ぁ……っ……んんっ……ぁ……っ……ぁっ……」

この快感をどう受け止めていいかわからず、アンジェリカはシーツを掴んで、甘い声をあげた。

ああ、身体が変だわ……おかしくなってしまいそう。

吸われるたびに、腰がガクガク震える。

どうして、吸うの……？　あっ！　もしかして、母乳が出ると思って……？

「んんっ……エルンスト様……も、申し訳……ございませ……っ……私……母乳は……ぁんっ……で、出ません……っ」

アンジェリカの必死の告白に、エルンストは噴き出した。笑われた意味がわからない彼女は、大きな目をキョトンと丸くする。

「俺が母乳目当てで吸っていると思ったのか？」

「ち、違うのですか？」

「俺の目的は母乳じゃなくて、アンジェを気持ちよくすることだ。乳首は赤ん坊のためだけにあるんじゃないからな」

ペロリと舐められ、アンジェリカはビクッと震える。

「……っ……そう、だったのですね……」

は、恥ずかしいわ……。

授業では必要最低限のことしか教えられていないので、知らなかった。

「乳首を弄られるのも好きなら、舐められるのもいいだろう？」

左の乳首を指で弄られ、右の乳首を唇と舌で可愛がられた。アンジェリカは甘い快感に震え、頭を縦に動かす。

「ん……っ……気持ち……ぃ……です……」

「いい子だ」

両方の胸に快感を与えられたアンジェリカは、身体が燃え上がりそうなほど熱くなっていた。花びらの間はますます疼き、膣口は激しく収縮を繰り返し、蜜を生み出している。

「すごい……です……こんなに気持ちいい……だなんて……」

アンジェリカは息を乱しながら、ポツリと呟《つぶや》く。

「感じてくれて何よりだ。だが、これだけで満足していては身が持たないぞ」

「え？」

「もっと気持ちよくしてやるから、楽しみにしているといい」

「も、もっと……ですか？」

今ですらこんなに気持ちいいのに、もっとだなんて想像がつかない。

どうなってしまうのだろうと思っていたら、腰に引っかかっていたドレスを完全に脱がされた。

「あ……っ」

ドロワーズも脱がされ、アンジェリカは生まれたままの姿となった。

私のこんな姿を、エルンスト様が見ている……。

エルンストの熱い視線を感じ、アンジェリカは頬を燃え上がらせる。

羞恥心はアンジェリカの興奮を煽り、身体がどんどん熱くなっていく。エルンストは彼女から目を離さず、自身のシャツを脱いだ。

鍛え抜かれた美しい身体には、あちこちに古い傷が付いていた。

「エルンスト様、お身体に傷が……」

「ん？　ああ、新しいものではないから、心配するな。戦争でついたものだ」

「戦争……」

アンジェリカが想像できないぐらい、大変な思いをしたのだろう。

そして、悲しい思いも――……。

胸が苦しくなる。

「大変な思いをされたのですね……」

震える声で言うと、エルンストが悲しげに笑う。

「……そうだな」

その笑みを見たアンジェリカは、身体を起こしてエルンストを抱きしめていた。

「慰めてくれるのか？　優しいな」

エルンストはアンジェリカを抱き返し、頭を撫でた。

優しいのは、エルンスト様の方だわ。

「痛くありませんか？」

「古い傷だから平気だ」

傷は痛まなくても、きっと心は痛むはずだ。アンジェリカもそうだ。

王妃につけられた傷が治った後も、彼女から浴びせられた言葉やその時のことを思い出すたびに、心が痛んでいる。

エルンストを抱きしめる腕に、ギュッと力がこもる。彼は柔らかく笑うと、アンジェリカの太腿を撫でた。

「ぁ……っ」

「上に立つ人間として、心配されるのは、不安を与えているようで嫌だったんだが……あなたにされるのは嬉しいな」

　太腿を撫でていた大きな手が、秘部に伸びていく。花びらの間を撫でられると、クチュッという水音が聞こえると共に、甘い快感が襲ってくる。

「ひゃぅ……っ」

「濡れているな」

　長い指が、花びらの間を往復する。隠れていた蕾《つぼみ》が指に擦れるたびに、強い快感がそこから全身に広がっていく。

　あまりにも気持ちよすぎて、どうしていいかわからない。

「ぁんっ……ぁっ……や……っ……はぅ……っ……んんっ……エルンスト……さ……ま……っ……んっ……そ、そこ……気持ちよすぎ……て……っ……お、おかしく……なって……」

「ここが気に入ったか？　よかった」

　エルンストはニヤリと笑い、蕾を指の腹で撫で転がす。お腹の奥が燃えているみたいに熱くて、膣口からはとめどない蜜が溢《あふ》れ出す。

「そ……こ……ぁ……っ……ぁっ……な、なんです……か？　んっ……ぁんっ……あぁ……っ」

　自分で座っていられなくなったアンジェリカは、エルンストにもたれかかることで、この体勢を維持していた。

エルンストはアンジェリカの頭に手を置き、体重をかけて押し倒す。

「アンジェ、もっと気持ちよくしてやろう」

今ですらこんなに気持ちいいのに、もっとだなんて本当におかしくなってしまう。でも、やめてほしいとは思わなかった。むしろ、もっと知りたい。もっとしてほしいと、身体は貪欲に疼く。

瞳を潤ませ、頬を紅潮させるアンジェリカを見て、エルンストはペロリと舌なめずりをした。赤く濡れた舌はランプの光を反射し、ヌラリと光っている。それはとても淫猥《いんわい》に見えて、お腹の奥がゾクゾクッと震える。

エルンストはアンジェリカの膝に手をかけると、ゆっくりと左右に開いていく。

「あ……えっ……？」

み、見えてしまうわ……！

裸を見られるのも恥ずかしいけれど、秘所を見られるのはさらに上をいく恥ずかしさだ。隠したいけれど、力が入らない。

膝はあっさりと開かれ、アンジェリカはルビーのような瞳の前に、一番恥ずかしい場所をさらすことになった。

「や……っ……そ、そこは……ご覧にならないでください……」

つい先ほどまで指で可愛がられていた蕾はヒクヒクと疼き、初心な膣口からはとめどなく蜜が溢れていた。

「それは無理な願いだな」

「そ、そんな……」

「綺麗なんだから、いいじゃないか。見せてくれ」

「こんなとこ……っ……綺麗なはずがないです」

あまりに恥ずかしくて、アンジェリカは両手で顔を覆った。

恥ずかしいから見ないでほしい。でも、エルンストが望むのなら、好きなだけ見てくれても構わないとも思う。

「恥ずかしいのを我慢できたら、もっと気持ちよくなれるぞ」

「え……？　ひゃう……っ」

内腿《うちもも》をチュッと吸われ、アンジェリカはビクビクと震えた。アンジェリカの白い内腿に、口付けの痕が次々と散らされていく。

「肌が白いから、目立つな。面白い」

目立つとは、どういうことだろう。

アンジェリカは口付けの痕を散らされているとは理解していなかったが、くすぐったさと恥ずかしさで聞き返す余裕がない。

白い内腿に自分の痕を散々付けて満足したエルンストは、顔を押さえて恥ずかしがっているアンジェリカを見てニヤリと笑った。

目が見えていない彼女は、それに気付いていない。

内腿への口付けが止まったことで、アンジェリカは次にどんな刺激がくるのかと身構え、ソワソワしていた。

するとアンジェリカの予想を遥《はる》かに超えた刺激が、花びらの間をヌルリと滑った。

「ひぁ……っ⁉」

花びらの間を上下に動いていた何かは、アンジェリカの最も弱い蕾をヌルヌルとなぞり始め、強すぎる快感が襲ってくる。

「や……んんっ……ぁっ……ぁっ……や……気持ち……ぃ……っ……ぁっ……あぁんっ……！」

これは……何？　指じゃないわよね？　この感触は、一体なんなの……？

恐る恐る手を退けると、驚くべき光景が視界に飛び込んできた。

え……っ⁉

足の間にエルンストの顔がある。秘部を刺激しているのは、エルンストの舌だ。

嘘……！　こんな場所を舐めるなんて……！

「や……っ……エルンスト……様……っ……だめ……っ……ぁっ……あぁんっ……い、いけません……！　そんな、場所を……舐めては……ぁんっ！　や……っ……だめ……っ」

アンジェリカは力の入らない手でエルンストの肩を押すが、当然のことながらビクともしない。

「エルンスト……さま……っ……だめ……っ」

恥ずかしさと混乱と快感で、涙が出てくる。アンジェリカの涙声に気付き、エルンストは顔を上げた。

「どうした？　舌より指の方がよかったか？」

エルンストがそう言って敏感な蕾をペロリと舐めてくるものだから、アンジェリカが話そうとした言葉は喘《あえ》ぎ声に変えられてしまう。

「ひぁんっ……！」

「……反応的には、舌の方がよさそうだが？」

恥ずかしい分析をされ、アンジェリカは真っ赤な顔で震える。

「あ、あの、とても……気持ちいいです……」

「では、構わないな」

また続けようとするエルンストを見て、アンジェリカは慌てて首を左右に振った。

「や……っ……駄目です……！　そんなところを舐めてはいけません……！　汚いです……」

足を開いて秘所を見せながら話すというのは、あまりにも恥ずかしい。せめて足を閉じたいが、エルンストの身体が間にあるので無理だった。

「汚くなどない」

きっぱりと言い切られ、アンジェリカは狼狽《うろた》えた。

反論すると叩かれて育ってきたので、誰かに何かを言い返すことを避けてきたアンジェリカは、一瞬言葉を詰まらせた。

しかし、このままでは、また秘所を舐められてしまう。

アンジェリカは勇気を出して、反論した。

「……っ……でも、そこは、排せつ物を出す場所が近いですし……そ、それに、朝入浴はしましたが、今日は汗もたくさんかいて……」

必死に訴えるアンジェリカを見て、エルンストは楽しそうに笑う。

「ど、どうして、笑うのですか？」

「いや、一生懸命説明していて可愛いなと思って」

「可愛……っ⁉」

褒められることに慣れていないアンジェリカは、驚いて言葉を詰まらせる。

「アンジェ、細かいことは気にするな。というか、気にする余裕をなくしてやる」

「えっ……あっ！」

エルンストは再び花びらの間を舐め、アンジェリカに次々と快感を与えていく。

「ぁ……っ……や……んんっ……エルンスト……様……っ……だめ……っ……や……ぁっ……んんっ……ぁんっ……！」

どんなに訴えても、エルンストはやめてはくれない。次から次へとやってくる快感に翻弄されていると、足元から何かがせり上がって来るのを感じた。

何かが上がってくる……。

こんな経験は初めてなのに、本能でわかった。

これがもっと上がってきたら、きっとものすごく気持ちよくなれるに違いない。

「どんどん溢れてきたな」

「んん……っ」

声の振動というわずかな刺激でも、敏感になった蕾は、貪欲に快感として受け止める。舌で舐め転がされ続け、足元にあった何かは膝辺りまで上がってきていた。

「ん……ぁっ……んん……っ」

アンジェリカは、汗ばんだ手でシーツをギュッと握りしめる。

何かに掴まっていないと、意識がどこかへ行ってしまい、元の自分に戻れなくなりそうな気がしていた。

蕾をチュッと吸われた瞬間、膝辺りを彷徨《さまよ》っていた何かが一気に上を目指し、頭の天辺《てっぺん》を貫いた。

「——……っ……あぁ……！」

全身の毛穴が開き、腰がガクガク震える。

初めての絶頂が訪れ、アンジェリカはあまりに強い快感に翻弄され、呼吸することすら忘れた。

エルンストもアンジェリカの絶頂に気付き、顔を上げ、唇に付いた蜜を舐め取りながら、満足そうに彼女を見下ろす。

「気持ちよかったか？」

低く甘い声が、鼓膜を震わせ、脳はジンと痺《しび》れるみたいだった。

アンジェリカはようやく呼吸を思い出し、白い胸を上下に動かしながら頷く。

「それはよかった。……ここもしっかり慣らさないとな」

長い指が、淫らな蜜を出し続けている膣口をゆっくりと撫でた。

「ぁ……っ……」

夫となる人と一つになる時、そこに夫の性器を挿入すると聞いた場所だ。

ここに、エルンスト様のものが……。

一体、どんな感覚なのだろう。痛みを伴うと聞いたが、どれくらい痛いのだろう。

大丈夫、我慢できるわ。エルンスト様が与える痛みだもの……。

そう考えていると、中に何かが入ってきた。

「ん……っ……」

あら？　全然痛くないわ？

「痛くないか？」

「はい……全然……あの、初めては痛むと聞いていたのですが、平気みたいです……」

ニコッと微笑むアンジェリカを見て、エルンストは赤い瞳を丸くした。

「もしかして、今入れているのが俺の性器だと思っているか？」

「はい…………え？」

そう尋ねられるということは、違うのだと悟った。

「これは指だ。いきなり性器を入れたら、辛い思いをさせるからな。指でたっぷり慣らしてから入れる」

　勘違いをしてしまったわ……！

「まあ、指で慣らしても、初めては痛むと思う。だが、何度か繰り返していくうちに、気持ちよくなれるそうだ」

「そ、そうなのですね……」

「ああ、こちらでも気持ちよくなれる日が来るのが楽しみだな」

「はい、楽しみで……あっ……い、いえ、あの……」

　気持ちよくなるのを楽しみにするなんて、はしたないだろうか。途中で言うのをやめたが、もう大半を話してしまっているので、意味がない。

「ああ、楽しみだな」

　エルンストはククッと笑って、中に入れた指を動かし始めた。

「ぁ……っ」

　指が動くたびにヌチュヌチュ淫らな音が聞こえてきて、アンジェリカの羞恥心を煽った。内臓の中を弄られているようで、変な感じがする。

「動かしても、痛くないか？」

「は……はい……大丈夫……です……んっ……んん……っ」

「そうか、よかった。だが、気持ちよくはなさそうだな。じゃあ、こうしたらどうだ？」

「え？　ひぁ……っ」

エルンストはアンジェリカの中に入れた指を動かしながら、先ほどまで可愛がっていた敏感な蕾を舐め転がした。

「ぁ……んんっ……ぁんっ……ぁっ……あぁ……っ」

「こうすれば、気持ちよくなれるようだな」

エルンストは満足そうに笑うと、アンジェリカの内側と外側の両方を刺激していく。

こうして可愛がられ続けていると、変な感じしかしなかった内側が、じわじわと気持ちよくなってきているのに気が付いた。

「ぁ……っ……中……っ……ん……っ……ぁ……っ……ぁんっ……」

「ん？　どうした？」

アンジェリカの訴えに耳を傾けながらも、エルンストは指を動かすのをやめようとしない。

「な……なんだか、中が……き、気持ち……んっ……」

「もしかして、気持ちよくなってきたか？」

エルンストの問いかけに、アンジェリカは顔を真っ赤にして頷く。

「そうか。アンジェは感じるのが上手だな」

「……っ……は、恥ずかしいです」

「どうしてだ？」

「は……はしたない……ような気がして……ん……っ……」

そう言っている間にも、アンジェリカはエルンストの指に感じてしまうので、ますます羞恥心と後ろめたさを感じる。

「とんでもない。感じやすいのは、いいことだ」

「いい……こと……ですか？」

「そうだ。だから、我慢せずに気持ちよくなってくれると嬉しい」

エルンストが喜んでくれると思ったら、羞恥心は残っているが、後ろめたさは消えた。

「ん……ぁ……っ……ぁんっ……ぁっ……ぁっ……ぁぁんっ……！」

敏感な蕾と膣道の両方を可愛がられ続けたアンジェリカは、それから何度も絶頂に押し上げられた。

指一本動かせないどころか、まぶたを開けていることすら難しいぐらい身体はとろけ、頭がぼんやりして、何も考えられない。

「そろそろ、大丈夫そうだな」

エルンストは膣道に埋めていた指を引き抜くと、身体を起こした。

何が……大丈夫なのかしら。

アンジェリカがその言葉の意味を理解したのは、膣口にエルンストの大きな欲望を宛《あて》がわれてからだった。

とうとう、私……。

「アンジェ、入れるぞ」

「は、はい……」

「力を入れると辛いから、できるだけ力を抜いてくれ」

「はい……」

と言っても、身体はとろけきっていて、力を入れようとしても無理なはずだ。

「いい子だ」

エルンストはアンジェリカの頭を撫でると、ゆっくりと彼女の中に、灼熱《しゃくねつ》の杭《くい》を埋めていく。

「——……っ……痛……」

痛みのあまり目の前が真っ赤に染まり、身体に力が入る。どこにこんな力が残っていたのだろう。

指とは比べものにならない太さと大きさに、アンジェリカの顔が苦痛に歪む。

「やはり、慣らしても辛いな。すまない」

その痛みは、アンジェリカの人生の中で一番の痛みだった。

でも、辛さは一番ではない。なぜならエルンストが、優しく気遣ってくれているからだ。ドロシーに笑われながら、王妃に叩かれている時の方がずっと辛い。

「だ……ぃ……じょ……っ……うぶ……です……だから……や……やめないでくださ……っ……んぅ……」

「ああ、わかった」

アンジェリカを気遣いながら、エルンストは自身の欲望を根元まで埋めた。

「全部入ったぞ」

「……っ……」

アンジェリカは涙を浮かべながら、コクコク頷いた。痛みとあまりの圧迫感に、言葉が出せない。

「よく頑張ったな」

頭を撫でられると、心地よくて堪らない。

虐げられて育ってきたアンジェリカにとって、褒められるということは、あまりにも甘美な経験だった。

エルンストに褒めてもらえるのなら、どんなことでも耐えられる気がする。

しばらくそうしていると、鋭い痛みが鈍痛に変わってきた。

「少し表情が和らいだな。動いても大丈夫そうか？」

「ん……っ……動く……？」

「ああ、入れるだけでは終わらない。指で弄ったように、中に擦りつけないとな」

「擦り……」

入れられただけでも体験したことのない痛みなのに、擦り付けられたら、どんな痛みが襲ってくるのだろう。

少し身構えてしまうが、エルンストが優しく頭を撫でてくれると恐怖が散っていった。

「大丈夫だ。優しくする」

「は、はい……んっ……が、頑張ります……」

「いい子だ」

エルンストがゆっくり動き始めると、鈍痛が鋭い痛みに変わる。

「ひぅ……っ……んっ……んぅ……っ……」

辛くて涙が出てくると、エルンストが唇でそれを拭ってくれた。

時間が経つにつれて、先ほどのように鋭い痛みが鈍痛に変わって、ほんの少しだけ余裕が出てくる。

あ……。

エルンストが眉を顰《ひそ》め、切なげな息を吐いているのに気が付いた。

「ぁ……っ……エルンスト……様……っ……も……痛みますか……？」

「ん？　どうしてだ？」

「お辛そう……なので……」

心配そうにするアンジェリカを見て、エルンストはククッと笑った。

「心配してくれるのか……優しいな。だが、これは、辛いのではなく、気持ちいいからだ」

「気持ち……い……ぃ……ですか？」

「ああ、アンジェが辛い時にすまないな」

私の身体で、エルンスト様が気持ちよくなってくださっているなんて……。

何もできない自分が、エルンストを気持ちよくできているなんて感激だ。アンジェリカは首を左右に振って、笑みを浮かべた。

「……っ……いい、え……謝らないでください……私、エルンスト様が……んっ……気持ちよくなってくださって……嬉しい……です……」

そんなアンジェリカを見て、エルンストは目を細める。

「……可愛すぎるのも困りものだな。優しくしたいのに、激しく腰を振りたくなる」

「え？」

「なんでもない。それよりも、可愛い唇を吸わせてくれ」

エルンストは腰をゆっくり動かしながら、アンジェリカの唇を味わった。

「ん……っ……んん……」

髪を撫でられ、唇を優しく吸われたアンジェリカは、中に痛みを覚えながらも、幸せで胸を震わせた。

痛い……でも、ずっとこのままでいいと思えるぐらいに、エルンストの腕の中は温かい。

この世の幸せのすべてが、ここに詰まっていると感じる。

「アンジェ、もうそろそろ……達《い》きそうだ……少しだけ、早く動かしてもいいか？」

アンジェリカが頷くのを見てから、エルンストは腰を早く動かし始めた。

「……っ……ぅ……んん……っ……ぁっ……んっ……」

さらに強い痛みが来るのではないかと身構えたが、そこまでではなかった。エルンストはしばらくの間、アンジェリカの中を堪能し、最奥で熱い情熱を放った。

「アンジェ、終わったぞ。よく頑張ったな」

ああ、終わったのね……。

何とか繋《つな》ぎ止めていた意識が、達成感で緩むのを感じた。

「ゆっくり休んでくれ。アンジェ、何も心配しなくていい。俺にすべて任せてくれ」

エルンストが何か言っているのはわかったけれど、ぼんやりした頭では何を言っているか理解できない。

アンジェリカはとうとう意識を手放し、夢の世界へと旅立った。

いつも王妃やドロシーが来るのではないかと怯え、熟睡できたことのなかったアンジェリカだったが、今日は久しぶりに深い眠りにつくことができたのだった。

◆◇◆

翌日——謁見の間で、国王の隣に座る王妃は、苛立ちでわなわな震える手で扇を掴み、目を血走らせていた。

なぜなら、死んでいると思っていたアンジェリカが綺麗に着飾り、エルンストの隣に立っていたからだ。

「アンジェリカ姫を我が妻に迎えたいと考えています。ご許可頂けますか？」

エルンストの問いかけに、国王はにっこりと微笑んだ。

「ああ、それは素晴らしい。アンジェリカは我が娘の中でも一番美しい自慢の娘です。見目麗しい貴殿と子ができれば、さぞかし美しい子が生まれることでしょう」

よかった……。

反対されなかったことに、アンジェリカはホッとした。

朝目覚めると、アンジェリカには新しいドレスが用意されていた。

先に起きていたエルンストが、自国から連れて来た侍女に頼んで、街で新しいドレスと装飾品を購入してきてくれていたのだ。

侍女の手により磨き上げられ、飾られたアンジェリカは、昨夜のパーティの時よりも輝いていた。

「ありがとうございます。私は本日帰国予定です。アンジェリカ姫を一緒に連れて帰ってもよろしいでしょうか？」

「今日？　それは随分と急ですね。本来ならば婚約期間を取り、その後に結婚式……と言う流れですが」

「ええ、一時も離れたくないのです。お許しいただけますか？　私の個人的な感情による我儘《わがまま》ですから、叶《かな》えていただけるのでしたら、我が国が所有するイベリス島の権利を差し上げる……というのはどうでしょう？」

「イベリス島……といえば、銀鉱山があるという」

エルンストはにっこりと微笑む。

「いかがでしょうか？」

「……エルンスト様のお好きになさってください」

国王は欲に満ちた笑みを浮かべ、自身の顎髭《あごひげ》を撫でる。

「ありがとうございます」

銀鉱山は貴重だ。エルンストに損をさせてしまったことを申し訳なく思うのと同時に、自国から離れられることにアンジェリカは心底安堵した。

これでもう、酷い目に遭わされずに済む……。

「お待ちください！」

声を上げたのは、王妃だった。

「ジュリア、どうした？」

「ブーゲンビリア国の王であるエルンスト様に、アンジェリカは相応しくありません！」

「……どういうことですか？」

エルンストの冷たい表情と声に、王妃がビクッと身体を引き攣らせる。

「アンジェリカの母親は貴族と言っても、男爵家の次女です。エルンスト様には相応しい身分ではございません。それならば、王妃であるわたくしの娘のドロシーはいかがでしょうか？

わたくしはネモフィラ国の王家を支える大公家の長女、身分は申し分ないと思いますわ。ねえ、陛下？」

「ああ、私はどちらの娘でも構わない。エルンスト様の好きな方をお選びください」

「エルンスト様、どうかドロシーをお選びください。もちろん容姿もアンジェリカには負けません」

「……ふむ、それは好みがあるが、世間一般から見ると、ドロシーよりもアンジェリカの方が、美しいと思うが……」

「へ、陛下！　す、すぐに娘を呼びますので、少々お待ちください。そこのお前、ドロシーを呼んでいらっしゃい」

王妃が真っ赤な顔をし、声を荒げる。彼女は近くにいた側近に声をかけるが、「いえ」とエルンストが静止する。

「私が妻に欲しいのは、ネモフィラ国の姫ではなく、アンジェリカ姫です。身分は関係ありません。アンジェリカ姫が平民だったとしても、私は彼女に求婚していました」

エルンスト様……。

アンジェリカを助けてくれるために、一生懸命交渉してくれるエルンストの気持ちがとても嬉しい。

「で、ですが……っ」

「ジュリア、よさないか。エルンスト様、妻が申し訳ございません。どうかお好きにしてください」

「ありがとうございます」

そのやり取りを見て、王妃は赤い唇を悔し気に噛《か》み締《し》めた。

「アンジェリカ」

「はい、お父様」

「幸せになれ」

今まで父は何もしてくれなかった。むしろ父のせいで王城に来ることになり、酷い目に遭うこととなった。

アンジェリカを気にかけてくれたら、王妃やきょうだいたちの行動を嗜《たしな》めてくれたら、こんなにも辛い思いをしてこなくて済んだのに……。

でも、憎めないのはどうしてだろう。

「はい……」

出立の許可を貰ったアンジェリカは、エルンストと共にすぐ城を後にしたのだった。

第二章　初めての航海

ブーゲンビリア国には、船で一週間ほどかかるそうだ。

アンジェリカは、部屋にあった荷物はすべて置いてきた。

ウィルソン男爵家から城へ移り住んだ時に持ってきた、祖父母から誕生日に貰ったオルゴールも、大切にしていたリボンも、母がよく身に着けていたというブローチ……大切にしていたものは、全部王妃やドロシーに没収されて壊されてしまい、持っていきたいというものは一つもない。

せめて衣服や下着ぐらいは持ってこようと思ったが、あまりにもくたびれていたため、エルンストの侍女に街で揃《そろ》えることを提案され、処分することにした。

アンジェリカは一足先に船に乗り込み、侍女が船旅で必要なものを買ってきてくれた。

「アンジェリカ様、いかがでしょうか?」

「こんなにたくさん……とても素敵です。イルザ嬢、ありがとうございます」

「よかったです。あと、私には敬語や敬称は不要です。もしよろしければ、イルザとお呼びください」

イルザはエルンストの専属侍女で、この旅の中でアンジェリカの世話もしてくれるそうだ。赤毛は後ろにすっきりとまとめ、大きな瞳は緑色をしている。とても愛らしい顔立ちで、歳はアンジェリカより一つ、二つほど上に見える。

エルンストは政務を行わなければならないと、アンジェリカをこの部屋に案内した後、自室に移動した。

「ありがとう。イルザ、よろしくね」

「はい、こちらこそよろしくお願い致します」

にっこり微笑まれると、嬉しくなってアンジェリカまで笑顔になる。

ネモフィラ国城の侍女たちからは、いつも侮蔑に満ちた表情しか向けられたことがなかったので、こうして好意的な態度を見せてくれるのが嬉しい。

「これだけ買い集めるのは、大変だったのでは？」

「いいえ、そんなことございませんよ。アンジェリカ様はお美しいので、選ばせていただくのがとても楽しかったです」

「そんな……」

「ご謙遜なさらないでください。本当にお美しいですわ。まるで女神のようです。いいえ、女神よりも美しいのではないかしら！」

イルザは緑色の目を輝かせ、アンジェリカを見つめていた。本心から言っているのだとわかり、アンジェリカは頬を赤く染める。

「えっと……」

「ブーゲンビリア城に到着したら、すぐに仕立て屋を呼びましょう。既製服もお似合いですが、アンジェリカ様のために作ったドレスは、アンジェリカ様の魅力をさらに引き立てるでしょうから。ああ、楽しみですわ」

「あ、ありがとう……」

褒められた経験が少ないアンジェリカは、次々と出てくる賞賛の言葉がくすぐったくて、頬を染める。

「ふふ、お顔を赤くしてお可愛らしいですわ。さあ、お茶を淹れますので、ソファにお座りになってください」

「ええ、ありがとう」

アンジェリカはソファに腰を下ろした。彼女に与えられた部屋はとても広く、高価な調度品がたくさん置いてある。

大きな窓がたくさん付いていて、海を見て楽しむこともできる。

五歳以降は狭い部屋で育ったアンジェリカは、ソワソワして落ち着かない。

「アンジェリカ様、どうぞ」

「ありがとう」

いい香りが部屋いっぱいに広がる。今までは水を飲む習慣しかなかったので、とても贅沢《ぜいたく》な気分だ。

「美味しい……」

ホッとため息が零れる。

「お口に合ってよかったです。チョコレートとクッキーもご用意しておりますので、よければ召し上がってくださいね」

「えっ……私のためにこんなたくさん？」

「ええ、お口に合うと良いのですが」

「ありがとう。えっと、いただきます」

どれにしようかしら。

綺麗な形をしたツヤツヤのチョコレートに、苺《いちご》ジャムの乗ったクッキーが用意されている。

どれも美味しそうで目移りしてしまう。

アンジェリカが選んだのは、ナッツの乗ったチョコレートだった。口の中で甘くとろけて、咀嚼《そしゃく》するとナッツがカリカリ砕ける。

「んん……っ」

美味しくて、思わず声が漏れた。

美味しそうに楽しむアンジェリカを見て、イルザは口元を綻ばせる。

「お口に合いましたか？」

「ええ、とても！　お菓子を食べたのは、五歳の時以来なの。こんなに美味しいのね。口の中が幸せでいっぱいだわ」

子供の頃、ドロシーにお菓子を見せびらかされたのを思い出す。

羨ましくて、一人になったら泣いてしまったのよね。次の日に目が腫れているのを見られて、笑われてしまったっけ……。

「そうなのですね。…………五歳⁉」

イルザが驚き、声を荒げた。

「ええ、五歳よ」

「……あっ！　その美貌を保つために、厳しい食事制限をなさって？　申し訳ございません！私、何も知らずにお出ししてしまって！」

「いえ！　違うの。食べる機会がなかっただけで、甘い物は大好きよ」

「召し上がる機会が……なかった？　あ、ネモフィラ国ではお菓子を召し上がる文化が……ないわけがございませんよね。貴国の文化は学習済みですが、我が国とほぼ変わりはなかったですし、どういう意味でしょうか」

「あ、そうよね。意味がわからないわよね。えっと、私は、王妃様に嫌われていて……」

人と会話する機会が極端に少なかったアンジェリカは、お菓子を食べていなかったことだけを当たり障りなく説明することができなかった。

生い立ちから今までをすべてイルザに話すこととなり、最後の方には彼女の目に涙が浮かんでいた。

「ご、ごめんなさい。嫌な話を聞かせてしまって……」

「いいえ……いいえ……お話してくださって、ありがとうございます」

イルザは涙を自身の袖で拭うと、にっこり微笑んだ。

「アンジェリカ様が、ここまで生きてくださってよかった……出会うことができて、本当によかったです」

「イルザ……」

出会う人々に嫌われてきたのに、そんな風に言ってもらえるなんて……。

アンジェリカは涙を浮かべ、イルザの手を取った。

「私もあなたに出会えてよかった……」

「エルンスト様が、幸せにしてくださいます。私も陰ながら、アンジェリカ様が幸せになれるよう、お仕えさせていただきます」

「ありがとう……」

蔑まれて生きていくのが当たり前だったのに、まさかこんな素敵な出会いが待ち受けていたなんて思わなかった。

「紅茶が冷めてしまいましたね。温かいものにお取替え致します」

「あ、大丈夫よ」

「いいえ、アンジェリカ様には、美味しい紅茶を召し上がってほしいので」

イルザが紅茶を淹れ直していると、エルンストが訪ねてきた。

「エルンスト様、どうなさいましたか?」

「特に用はない。アンジェの顔が見たくなった」

昨夜のことを思い出し、アンジェリカの頬は、林檎《りんご》も驚くぐらいに赤くなる。

「……っ……そ、そうでしたか。ありがとうございます。あの、ご政務は……」

照れるアンジェリカを見て、エルンストとイルザは揃って口元を綻ばせる。

「休憩しようと思ってな。イルザ、俺にも……」

「はい、ご用意しております」

エルンストが入って来た時点で、イルザはカップを二つに増やしていた。彼はアンジェリカの隣に腰を下ろす。

「衣服など必要なものは揃ったか？」

「はい、イルザがとても素敵なものを用意してくれました」

イルザに目配せすると、にっこり微笑まれた。

「でも、あんなにたくさん買っていただいてよかったのでしょうか？」

「そんなにたくさんだったか？」

エルンストがイルザに尋ねる。

「いいえ、必要なものです」

「たくさんじゃないそうだぞ。というか、遠慮することはない。アンジェは俺の妻なんだから、身の回りの物を用意するのは、当然のことだ」

「あ、ありがとうございます」

恐縮してしまうと、新しい紅茶を出された。

「足りないものはないか？」

「はい、大丈夫です」

「そうか、何か足りないものがあれば、すぐに言うといい。途中、食料と燃料の補給のために、友好国のチャイブに寄っていくから、そこで揃えよう」

「ありがとうございます」

チャイブ国は、知識としては知っている。海に囲まれていて、観光客がとても多く、栄えているらしい。

少し見て回る時間はあるかしら？

密《ひそ》かにワクワクするアンジェリカの口に、エルンストがクッキーを持っていく。

「えっ」

「甘い物は好きか？」

「はい、好きです」

「そうか、食べるといい」

食べさせてくれるつもりだとようやく気付く。アンジェリカが口を開けると、クッキーを入れられた。

小さいので一口で食べられる。

咀嚼するとサクサクしていて、とても口当たりがいい。

「美味しいです」

「たくさん食べろ。アンジェは細すぎるから、もっと太らないとな。ネモフィラ国では、満足に食べさせてもらっていなかったのではないか？」

もう、エルンストにはすべてお見通しだ。アンジェリカは苦笑いを浮かべた。

「やはりな。あの女狐め……」

自分のことのように怒ってくれるのが嬉しくて、アンジェリカは目を細めた。

とても食べたかった甘い物を目の前にしているのに、二つ食べたところで喉を通らなくなった。

どうしたのかしら？

それになんだか身体が熱くて、クラクラする。

「……ん？　アンジェ、なんだか顔が赤くないか？」

「少し、暑くて……」

「暑い？　今日は涼しいと思うが……」

エルンストはアンジェリカの額に手を当てる。彼の手はひんやりして心地いい。

「アンジェ、熱があるぞ」

「え……熱？」

「大変！　すぐにお医者様を呼んでまいります！」

「あっ！　大丈夫よ。だから……」

アンジェリカが止めるのも聞かず、イルザはすぐに部屋を出て行った。

「横になった方がいい」

「あっ」

エルンストはアンジェリカを横抱きにすると、ベッドへ運ぶ。

すぐに医者が来て、診てくれた。過労と精神的な疲れから来る発熱だろうから、安静にしているようにということと、栄養失調気味だからしっかりと栄養を取るように言われた。

「大病じゃなくてよかった」

安堵の笑みを浮かべたエルンストは、アンジェリカの頭を撫でた。

「エルンスト様、次々とご迷惑をかけてしまって、申し訳ございません……」

「迷惑なんかじゃない。疲れが出たんだ。ゆっくり休め」

「ありがとうございます……」

なんて優しいんだろう……。

ネモフィラ国城で体調を崩した時は、王妃から病原菌扱いをされたり、酷く叱られて、さらに具合が悪くなっていた。

「それに昨夜は、俺のせいで無理させてしまったしな」

「……っ！」

発熱で赤いアンジェリカの顔が、さらに赤くなるのを見て、エルンストはクックッと笑う。

「おやすみ、アンジェ」

「はい……おやすみなさい……」

寝る前の挨拶をしたのは、久しぶりだ。

額に乗せられたタオルが冷たくて心地いい。目を瞑ると、すぐに夢の世界に落ちた。

喉が渇くのと、悪夢のせいで何度も目を覚ますが、そのたびにエルンストが居てくれた。彼の周りには、先ほどまでにはなかった書類が山積みになっている。

「エルンスト様……」

「起きたのか。水を飲んだ方がいい」

「ありがとうございます」

アンジェリカが起きるたびに水を飲ませてくれて、頻繁に額のタオルを変えてくれる。ひんやりしていて気持ちいい。

「美味しいです」

「もっと飲むか？」

「いえ、もう十分です。ありがとうございます。あの、エルンスト様、先ほどから目を覚ますといらっしゃいますが、もしかして、ずっと傍《そば》に付いていてくださったのですか?」

「ああ、落ち着かないか?」

エルンストは優しく微笑み、髪を撫でてくれる。

「いいえ……嬉しいです……とても……」

「そうか」

王城に来る前、熱を出すと祖母がこうして傍についていて看病してくれていたことをぼんやり思い出した。

今までは思い出すことができなかった記憶が、すんなりと出てくる。

エルンスト様の優しさに触れたおかげかしら。

奪われた大切なものを取り返せた気がして、胸の中が温かくなる。

「でも、ご政務は……」

「ここでできるから大丈夫だ」

山積みになっている書類を手でポンと叩いてみせる。

「熱を出している時に眠ると、決まって悪夢を見るので……エルンスト様が居てくださって、ホッとします……」

「どんな悪夢だ？　あの女狐のか？」

「王妃様の夢は……熱が出てない時の方が見ますね……熱を出した時は不思議な夢を見ることが多くて……今は自分の身体が小さくなる夢を見ました……」

「それは……面白そうだな？」

「えっ……そ、そうですか？　なんだか怖かったです……不気味といいますか、なんとも言えない感じで……エルンスト様は見ませんか？」

「しばらく熱を出していないから、思い出せないな……だが、今度熱を出すのが、少し楽しみになった」

「ふふ、エルンスト様ったら……」

笑うと頭が痛み、アンジェリカは顔を顰める。

「大丈夫か？」

「ええ、平気です……」

「もうすぐ食事ができあがる時間だが、食べられそうか？　一応、食べやすいものにさせた」

「はい、頂きます」

間もなく、イルザが食事を運んできてくれた。

パンをミルクで煮たものだ。りんごのジャムと蜂蜜がたっぷりかかっていて、いい香りがする。

「熱いから気を付けろ」

「はい」

器を受け取ろうとするが、エルンストは渡そうとしない。彼はスプーンでパンをすくうと、ふぅふぅと息を吹きかけて冷ます。

自分で食べるのかと思いきや、アンジェリカの口元へ持っていく。

「えっ」

「口を開けろ」

「は、はい？」

恐る恐る口を開けると、スプーンを入れられた。

ミルクを吸ったパンはとても柔らかく、歯じゃなく舌を顎裏に擦りつけるだけでも崩れる。蜂蜜とりんごジャムがよく合っていて、りんごのシャキシャキした歯ごたえが良い。

「口に合うか？」

「はい、すごく美味しいです。あの……」

エルンストが食べさせてくれることに衝撃を受けていると、エルンストは再びパンをすくって冷ます。

「あの、エルンスト様、私、自分で食べられます」

「そうか」

エルンストはにっこり微笑むと、またアンジェリカの口元へパンを持っていく。

え、えええ～……！

「アンジェ、口を開けろ」

「は、はい」

とうとう最後までスプーンを持たせてもらえず、すべてエルンストに食べさせてもらうことになってしまった。

まさか、食べさせてくださるなんて思わなかったわ。

「解熱剤だ。飲んでくれ」

「ありがとうございます」

さすがに薬は自分で飲ませてもらえるらしい。

粉薬を飲むと、口の中が苦味でいっぱいになる。水を飲んでも舌に苦味が残っていて気持ちが悪い。

「～～……っ」

アンジェリカが涙目になっていると、エルンストが口の中に何か入れてくれた。するとミルクと砂糖の濃厚な味が苦味を消してくれる。

「キャラメルだ。少しは苦味がマシになったか？」

「はい、ありがとうございます。美味しいです」

キャラメルを食べるなんて、子供の頃以来だわ。

「喉に詰まらせると危ないから、全部食べてから横になるといい」

「はい」

熱があって咥内が熱いからか、キャラメルはあっという間に溶けてなくなった。

「最初より顔色がよくなったな」

「大分楽になりました」

「だが、油断は禁物だ。しっかり休め」

エルンストはアンジェリカを横にし、ブランケットを肩までしっかりかけた。

イルザが洗面器に新しい水を持ってきてくれたので、エルンストは自らの手でタオルを沈めて搾り、アンジェリカの額に乗せてくれる。

「気持ちいいです……」

「よかった。ずっと傍に居るから、何かしてほしいことがあれば、いつでも言うといい」

エルンストの優しさが嬉しくて、涙が出てくる。

「エルンスト様は、どうしてそんなにお優しいのですか?」

「……俺も、同じようにしてもらった。それが嬉しかったから、自分と同じように感じてほしくて、真似《まね》をしているだけだ」

「同じように……」

エルンスト様も、誰かに優しくして頂いた経験があるのね。一体、どんな方だったのかしら……。

「さあ、目を瞑って、ゆっくり休め」

「はい……」

身体がフワフワしていて、胸の中がポカポカ暖かい。

体調を崩したのに、こんなにも幸せな気分になれるのは、生まれて初めてのことだった。

◆◇◆

エルンストの献身的な看病によって、アンジェリカの熱は二日で下がった。

アンジェリカの熱が下がるまで、エルンストは彼女の隣にいて、睡眠も座ったまま取っていた。

いくら横になって休んでほしいと言っても、彼は「そうする」と言いながら、彼女の傍を少しも離れようとしなかった。

「アンジェリカ様、お熱がさがって本当によかったです」

「心配をかけてしまって、ごめんなさい」

「とんでもございません。病み上がりですから、ご無理なさらず、お身体を大切にしてくださいね」

「ええ、わかったわ。ありがとう」

アンジェリカが全快したので、またエルンストは自室で政務を行っている。

ちなみに楽しみにしていたチャイブ国は、熱を出しているうちに通り過ぎてしまったらしく、密かにガッカリした。

「……それにしても、アンジェリカ様は、エルンスト様にとても愛されているのですね」

「え？　愛され？」

「あんな熱心にご看病をされていらっしゃったじゃないですか！　愛されている以外の何物でもございませんわ！」

イルザは頬を染め、嬉しそうに笑う。

「いいえ、看病をしてくださったのは、エルンスト様がお優しいからよ」

「お優しいのは確かですけど、お優しいだけでは、あんなに熱心なご看病はできませんわ。これから仲睦《むつ》まじいお二人の姿を見られると思うと、私、楽しみで、楽しみで！」

エルンストは、アンジェリカに同情してくれたから、妻にしてくれることになった――とは、彼の口から説明されるのならともかく、自分の口からは言わない方がいいだろう。

結果、嘘を吐いていることになるので、アンジェリカは罪悪感に苛《さいな》まれながらも、笑みを浮かべた。

「そういえば、イルザは、エルンスト様の専属侍女なのよね？」

「はい、そうです」

ということは、ブーゲンビリア国に着いたら、誰か別の人が侍女になるのだろう。もう会えないわけではないが、少し寂しい。

「ですが、今後はアンジェリカ様にお仕えするように言われておりますので、アンジェリカ様専属の侍女となる予定です」

「えっ！　そうなの？」

「はい、城には不穏分子がございますので、安全を兼ねて、私が……」

「不穏分子？」

「アンジェリカ様は、我が国のことをどれくらいご存知でしょうか？」

「えっと……」

アンジェリカは、ブーゲンビリア国について知っていることを話した。

前皇帝は侵略戦争に積極的だったが、それが嫌だったエルンストは反逆を起こし、腹違いの弟、義母、そして実父である皇帝、そして父に仕えていた側近たちをすべて殺して王位に就き、これ以上の侵略戦争は行わないと宣言したこと。

戦争に疲弊していた国民たちは、エルンストを英雄だと崇めているが、前皇帝を支持していた貴族たちは、いつ首を落とされるか怯えていること。

「これが私の知っていることなのだけど……あっているかしら」

「ええ、相違ありません。エルンスト様が王位についてからまだ三年ほどしか経っていないので、信頼できる臣下を集めきれていないのが現状です。前皇帝に心酔していた者たちが、エルンスト様のお命を狙っていないとも限りません。実際にこの三年でエルンスト様が襲われたのは、十五回です」

「そんなに……!?」

「ええ、新しく雇うにしても、前皇帝派の人間が潜り込んでくる可能性がありますし、そうなりますとアンジェリカ様の御身も危険に晒されてしまいますから、私が専属侍女に……というお話になりました」

「イルザが私の専属侍女になってくれるというのは、とても嬉しいのだけれど、エルンスト様は平気なの？」

「ええ、エルンスト様には、ご側近のフォルカー様もついておりますから」

「フォルカー様？」

「フォルカー様は、ヴェーバー公爵家のご子息で、これまであった数々の戦争でも、エルンスト様の片腕を担っておりました。とてもお強い方ですし、そもそもエルンスト様に敵《かな》う相手はおりませんので。ご安心ください」

「そうなのね……」

ホッと安堵して胸を撫でおろすアンジェリカを見て、イルザが口元を綻ばせる。

「ちなみに私も剣術と武闘の心得がございますので、アンジェリカ様をしっかりお守りさせていただきますね」

「……えっ！　イルザが？」

「はい！」

「戦えるの⁉」

「はい、お任せください！」

イルザは手を握って、自身の胸をトンと叩く。

「すごいわ……小さい頃から習っていたの？」

「はい、父が習わせてくれました。ブーゲンビリア国では、女性が剣術や武闘を習うのは、一般的ではないのですが、当時は戦争ばかりで内乱も起きていましたし、自分の身や母を守れるようにと、刺繍《ししゅう》よりも熱心に習わされました」

「素敵なお父様だわ。イルザやご家族のことを大切に想《おも》っていらっしゃるのね」

「ありがとうございます。父はケーラー伯爵家当主で、前皇帝の命により、戦争では最前線で戦っておりました」

「最前線？　貴族なのに？」

最前線で戦わされるのは平民が多いと本で見たことがあるが、ブーゲンビリア国では違うのだろうか。

「ご不興を買ったのです。これ以上の侵略戦争はやめるべきだと、進言したせいで……」

「そんな……」

イルザの父親は、どうなってしまったのだろう。

嫌な音を立てる心臓を、アンジェリカは服の上からギュッと掴む。

「父は敵軍に殺されそうになっていたところをエルンスト様に救われました。今も元気に過ごしております」

「よかった……！」

アンジェリカが笑顔になるのを見て、イルザも嬉しそうに笑う。

「戦地で命を救って頂いても、反乱を起こしてくださらなければ、父は結局また別の戦争の最前線に送り込まれて、亡くなっていたでしょう。私は、父の命を救っていただいたご恩を少しでもお返しするために、エルンスト様にお仕えしております」

「そうだったのね……」

「長々と話してしまって申し訳ございません」

「ううん、話してくれて嬉しかったわ。イルザ、ありがとう」

お礼を伝えると、イルザが瞳を細めた。

「ちなみになのですが、私も戦争に参加しているんです」

「えっ！　イルザが戦争に⁉」

「そうなのです。本当は弟を戦争に……と言われていたのですが、弟を失っては家督を継ぐ者が居なくなってしまうので、私が志願して参加しました。父と同じく、最前線に配属されていたんですよ」

「さ、最前線に……」

「ええ、ですが、こうして生きておりますし、腕には少々自信があります。なので、アンジェリカ様をしっかりお守り致しますから、ご安心くださいね」

「とても心強いわ。あと、ものすごく衝撃を受けているわ」

うふふ、とおしとやかに笑うイルザは、深窓の令嬢という言葉がぴったりで、どう見ても剣を持って戦えるようには見えない。

だが、彼女がそう言うのだから、戦えるのだ。

摩訶不思議《まかふしぎ》だわ……！

「アンジェリカ様、お茶を召し上がりませんか？」

「ありがとう。いただくわ」

イルザの淹れてくれた紅茶を楽しんでいると、部屋の扉をノックする音が聞こえた。エルンストが訪ねてきてくれたのだろうか。

「どうぞ」

声をかけると、艶《つや》やかな黒髪に青い瞳の青年が入ってきた。

「失礼致します。アンジェリカ様、初めまして」

「あなたは……」

「私はヴェーバー公爵家の嫡男、フォルカーと申します」

「あっ！　エルンスト様のご側近の……」

「はい、その通りでございます。ご挨拶に伺うのが遅れてしまい、申し訳ございません。ご体調がよくなられてから……と思ったものですから」

「とんでもございません。初めまして。アンジェリカ・エヴァンスと申します」

「我が皇帝に嫁いできてくださって、本当に嬉しいです。本当に……！」

「フォルカー様、アンジェリカ様はまだ嫁いでいらっしゃいませんよ。これからご婚約式をあげるのですから」

イルザに指摘され、フォルカーは「ああっ」と声を上げた。

「申し訳ございません。あまりに嬉しくて、先走ってしまいました」

フォルカーは気恥ずかしそうに笑い、頭をかく。

まさか、こんなにも喜んでくれるとは思わなかった。

「現在王族の血を持っていらっしゃるのは、エルンスト様しかおりません。もう二十八歳ですし、早く結婚して、世継ぎを……と何度も何度もお願いしていたのですが、まったく聞き入れてもらえずに、頭を悩ませていたのです」

「そうだったのですね」

エルンストのような素晴らしい男性は、引く手数多《あまた》のはず。それなのに結婚しなかったのは、結婚をしたくない理由が、何かあったからに違いない。

それなのに同情で、アンジェリカを娶《めと》ってくれた。

申し訳なさと、感謝の気持ちでいっぱいになる。

エルンスト様に、ご恩を返したい。

「アンジェリカ様、通例だと床を共にするのは、結婚式後……と言われていますが、そんなのは無視してください」

「えっ」

「一刻も早くお世継ぎが欲しいのです！　ですから、どうかお願いします……！　お子を産んでください！　一人と言わず、二人、三人、どうか……！」

「フォルカー様！」

イルザが抗議するように、フォルカーの名を呼んだ。

「子供……」

「アンジェリカ様、フォルカー様の言うことはお気になさらず。お子は授かりものですから、焦らないでくださいね」

「イルザ、悠長なことは言っていられないんだよ」

「精神的負担をお与えにならないでください！　周りが焦《あせ》らせることで、かえってお子ができにくくなることがあるのですよ！」

「そうなのか⁉　アンジェリカ様、申し訳ございません！　どうか焦らずに、ですが、ゆっくりしすぎずにお願いします……！」

フォルカーの目は、血走っていた。

と、とても、焦っていらっしゃるのね……！

「ちっともわかっていないじゃないですか！」

イルザに窘《たしな》められても、フォルカーの目は血走ったままだった。

「……子供ができたら、エルンスト様は喜んでくださるでしょうか」

フォルカーとイルザは、二人揃って目を見開いた。

「もちろん！　お喜びになりますよ。エルンスト様だけでなく、我々も、国民も皆喜びます！」

「絶対にお喜びになりますわ！」

アンジェリカは何も持っていないが、子供を産むことができる。

それはエルンストに対しての恩返しになるのではないだろうか。アンジェリカの父と違って、彼は人格者だ。生まれてくる子供も大切にしてくれることは間違いない。

「……あの、私の父は、子供がたくさんいます」

「はい、存じ上げております。確か……十三人だったでしょうか」

「ええ、なので、お父様の血が流れている私も、きっとたくさん子供を作ることができるような気がします」

「それは頼もしいです！」

「頑張ります……！」

「はい！　頑張ってください！」

意気込むアンジェリカと、応援するフォルカーを見て、イルザが何か言いたそうにしていたが、盛り上がる二人を見て言葉を呑《の》み込んだ。

◆◇◆

エルンストと夕食を楽しみ、入浴を終えたアンジェリカは、ナイトドレスにガウンを羽織り、イルザと一緒に彼の部屋を目指して廊下を歩いていた。

目的は、エルンストと夜を共にすること。ちなみに発案者はフォルカーだ。

「イルザ、本当に失礼じゃないかしら？」

「ええ、きっとお喜びになりますわ」

イルザには、もうエルンストと初夜を済ませていることは話してある。一度関係を結んだのなら、二度目を誘うのは難しくないらしい。

エルンストの部屋の前に着くと、心臓がドクンと跳ね上がる。

き、緊張するわ。本当に受け入れてくださるかしら……。

断られた時のことを想像したら、胸がキュッと苦しくなった。

「では、私はこれで失礼致します」

「え、ええ、ありがとう。おやすみなさい」

「はい、おやすみなさいませ」

イルザはにっこり微笑むと、来た道を静かに帰って行った。

ドキドキ高鳴る左胸を押さえ、深呼吸をしてから扉をノックする。

ん……？

力が足りなかったようで、わずかな音しか鳴らせなかった。

これでは気付いてもらえないだろうと再度挑戦するが、またもや力加減を間違えたようで、
先ほどとさほど変わらない音しか鳴らせない。

またノックしようとしたその時、扉が開いた。

「あっ」

「やはり、アンジェだったか」

「ど、どうして私だってわかったのですか？」

「使用人は、そんな可愛いノックはしない」

クスッと笑われ、顔が熱くなる。

「廊下は冷える。入るといい」

「は、はい、失礼します」

入るとすぐに目に入ったのは、机だった。湯気が立っていない紅茶と書類、蓋が外れたインク壺《つぼ》が置いてある。

「……もしかして、ご政務中でしたか？」

「ああ、ソファに座るといい」

「ありがとうございます。あの、申し訳ございません。お忙しい時に……」

帰った方がいいだろうか。

悩みながらも、勧められたソファに腰を下ろす。

「いや、別に忙しくない。眠くなるまで、進めておこうと思っただけだ」

眠くなるまで……というが、すでにかなり遅い時間だ。

「眠くないのですか？」

「ああ、元々睡眠が上手く取れない体質でな。ベッドに入っても、何時間も眠れないことが多いのが勿体《もったい》なく感じるから、こうして眠くなるまで働くことにしている」

「そうだったのですね」

「何か飲むか？」

「ありがとうございます。でも、大丈夫です」

「そうか。それで、どうしたんだ？」

エルンストはアンジェリカの隣に腰を下ろし、彼女の手を握った。

「あ……えっと……」

いざとなると恥ずかしくなって、なかなか口にできない。

「ん？」

エルンストは笑みを浮かべ、アンジェリカが話しだすのを待っていてくれる。それがとても嬉しくて、温かい。

高鳴る心臓を布の上から手で押さえ、深呼吸をする。

「夜を共にしたいと思って、来ました」

い、言ってしまったわ……！

心臓の音がさらに早くなり、顔が高熱を出した時のように熱くなった。

勇気を出して伝えると、エルンストが赤い目を丸くした。

「それは、ただ一緒に眠りたいという意味か？　それとも……」

エルンストの大きな手が、アンジェリカの太腿を艶やかになぞる。

「……っ……！」

「こういう意味か？」

太腿に触れられただけなのに、以前与えられた快感を思い出し、お腹の中に熱が生まれるのを感じた。

「こ……っ……後者です……」

「まさか、アンジェから誘ってもらえるとは思わなかった」

腰を上げたエルンストは、アンジェリカを抱き上げてベッドへ向かう。

「ご、ご迷惑でしょうか……」

「まさか。だが、大丈夫か？」

「何がでしょうか？」

「病み上がりだから、辛いんじゃないか？」

「いえ、平気です」

「そうか。元気になってよかった」

エルンストはアンジェリカをベッドにおろし、ガウンを脱がせた。

イルザが選んでくれたナイトドレスには、フリルとリボンがたっぷり付いている。

可愛らしいが、眠っている間にリボンが解けてしまわないか、寝返りでフリルがクシャクシャにするのではないかと思ったが、イルザは「ナイトドレスは眠るためだけに使うものではないので、機能美だけではなく見た目も大切なのですよ」と教えてくれた。

意味が分からず首を傾げているアンジェリカに、イルザはもっとわかりやすく教えてくれた。一緒にベッドを共にする男性に、興奮してもらうため——と。

「可愛いのを着ているな？」

「イルザが選んでくれました……」

「そうか、よく似合っている」

さすがイルザだと、アンジェリカは心の中で称《たた》えた。

明日、お礼を言わないと……！

「あ、あの」

「ん？」

「興奮……していただけたでしょうか」

「……さては、イルザに何か入れ知恵をされたな？」

「え？　入れ知恵？」

キョトンとするアンジェリカを見て、エルンストはクックッと笑う。

「なんでもない。すごく興奮する」

「そうですか……っ！」

リボンやフリルは、大切なのね！

エルンストは嬉しそうにするアンジェリカの唇を深く奪うと、胸元を飾るリボンを解いた。

「ん……」

イルザの選んでくれたナイトドレスは、見た目だけでなく機能性も備えている。

リボンを解くだけですぐに脱げるようになっていて、豊かなミルク色の胸がプルリと零れた。

脱がされたナイトドレスはベッドから滑り、小さな音を立てて床に落ちた。

「肌が少し赤いな？」

「そ、そうでしょうか……恥ずかしいからかもしれません」

「本当だ。頬も赤い」

「ぁ……っ……んんっ」

豊かな二つの胸を大きな手に揉みしだかれ、あっという間に先端がツンと尖る。

「イルザから、誘うように言われたのか？」

「ん……い、いえ……私が、そうしたいと……思いました……んっ……ぁ……っ」

「……そういえば、フォルカーが挨拶しに行くと言っていたが、来たか？」

「は、い……っ……んっ……先ほど、来てくださいました……」

エルンストは胸の先端を弄りながら、会話を続ける。アンジェリカは感じながらも、必死に彼の質問に答えていた。

「フォルカーに、何か言われなかったか？」

「……っ……ン……何か……とは……なんでしょうか……」

「そうだな。どんな会話をしたか、教えてくれるか？」

唯一身に着けていたドロワーズを取り払われ、片手で胸を可愛がられ、もう一方の手が花びらの間を滑る。

「ぁん……っ！　ぁ……会話……？」

「そうだ。何を話したんだ？」

花びらの間を可愛がられると、気持ちよすぎて頭が真っ白になり、何も考えられなくなってしまう。

それでも、エルンストにお願いされているのだから、答えなくては……。

「えっと……んっ……ぁ……っ……よ……世継ぎ……を……んっ……早く……作って……ほしい……と……んっ……ぁんっ」

アンジェリカは喘ぎながらも、必死に言葉を紡ぐ。

「なるほど、だから、ここに来たというわけか」

「いけません……でしたか？」

「いや、アンジェが来てくれるのは嬉しい。だが、フォルカーの言葉に重圧を感じ、アンジェの負担になるのは嫌だ」

「重圧だなんて……そんな……ぁんっ……ぁっ……」

敏感な蕾を撫でられ、アンジェリカはビクビク身悶《みもだ》えしながら首を左右に振った。

「んんっ……！」

「自分の意思で来たのではなく、フォルカーに促されてだろう？　すまないな。あいつにはよく言い聞かせておく」

違う。重圧も、負担も感じていない。否定したいのに、快感を与えられると、難しいことが考えられずに、言葉が出てこなかった。

アンジェリカは首を左右に振り、違うことを訴える。

「違うのか？」

「違い……ます……フォルカー様に……っ……ここへ来て……エルンスト様と夜を……共に……っ……ン……してほしい……と、確かにお願いされましたが……私は……っ……来る、ロ実ができて……嬉しかったのです……」

アンジェリカの告白に、エルンストは目を丸くする。

「……嬉しかった？」

「はい……」

突然部屋を訪ねて、無礼だと思われないか。拒絶されないか。はしたないと思われないか
……という不安はあったが、エルンストと一緒の時間を過ごせると思うと、嬉しかった。

「俺にこんなことをされるのに？」

濡れた膣道に指を入れられ、アンジェリカはビクンと身体を跳ねあがらせる。

「ぁ……っ……は、はい……」

「そうか」

エルンストは口元を綻ばせ、アンジェリカの中に入れた指を動かし始めた。ヌチュヌチュと
淫らな水音が聞こえ、快感が全身に広がっていく。

「ぁんっ！　ぁ……んんっ……ぁっ……ぁっ……」

「アンジェ、俺の子供を産んでくれるのか？」

「ん……っ……は、はい……父も……子供がたくさんいますし……私も……んっ……きっと
……たくさん産めると思い……ます……っ……」

「男と女では身体の作りが違うから、たくさん作れるとは限らないぞ？」

「えっ」

言われて初めて気付く。

確かに、そうだわ。

「そ……そう、ですよね……やだ……今、気付きました……どうして今まで、気付かなかったのかしら……」

アンジェリカが顔を真っ赤にするのを見て、エルンストは口元を綻ばせる。

「可愛い」

エルンストは恥じらうアンジェリカの唇を奪い、指を動かし続ける。身体の中を彼の舌と指で同時に弄られるのは、あまりにも気持ちよかった。

「んぅ……っ……んっ……んんっ……ふ……んぅ……」

胸も一緒に可愛がられ、足元から何かがゾクゾクとせり上がって来るのに気が付いた。

あ、また、この前と同じのが来て……。

「――……っ……ン……んんっ！」

足元を彷徨っていた何かは、あっという間にアンジェリカの身体を駆け上がり、頭の天辺を貫いていった。

気持ちいい……この感覚、好き……。

身体に力が入らず、自然と瞼《まぶた》が落っこちてくる。

「アンジェとこうするのは、二度目だが……」

「……っ……！　は、は、い……」

エルンストに話しかけられ、自分が眠ってしまいそうなことに気付いたアンジェリカは、ハッと目を開けた。

「身体を触れられるのは、怖くないか？」

中に入っていた指を引き抜かれたアンジェリカは、身体をビクッと震わせた。寂しいと訴えるように、膣口が激しく収縮する。

「んんっ……え、え？　怖くないです。どうしてですか？」

「出会ったばかりのこんな大男に、身体のあちこちを触れられるのは、怖くないのかと思った。俺がもし女に生まれていたとしたら、怖いからな」

「いいえ、ちっとも」

「度胸があるんだな」

「そんなことございません。他の男性が相手なら、きっと震えあがっているでしょう。でも、エルンスト様は、出会ってすぐに私の特別な方になりましたから、怖くありません」

エルンストが大きく目を見開く。

「アンジェ……」

「はい、エルンスト様」

名前を呼ばれ、返事をするとエルンストが柔らかく笑う。

「俺もアンジェを特別に想っている」

「えっ……でも、私には、エルンスト様に特別にしていただけるような魅力なんて、ございませんが……」

エルンストにはたくさんの魅力がある中、アンジェリカは何一つない。それなのに、どうして特別と想ってもらえるのだろう。

「そんなことはない。アンジェが気付いていないだけで、アンジェにはたくさんの魅力があるぞ」

ずっと否定され続けて生きてきたアンジェリカにとって、それはあまりにも嬉しい言葉だった。

エルンストの言葉が、心の中を温かく照らしてくれるみたいだ。

「ありがとうございます……」

自分では自分の魅力がどこにあるかわからない。でも、ゆっくり時間をかけて探していきたいと思った。

そう思えるようになったのは、エルンストのおかげだ。

アンジェリカがギュッと抱きつくと、エルンストが強く抱き返してくれた。

「エルンスト様、温かいです」

「アンジェも温かい」

ああ、なんて幸せな時間なんだろう。

すると身体に、硬い何かが当たっていることに気付く。

エルンスト様と私の間に、何か大きなものがあるわ。

何か挟まっているのだろうか。

アンジェリカが手を伸ばしてそれに触れると、エルンストがピクッと動いた。

「欲しいのか？」

「え？」

触れたそれは、温かい。

「どこでそんな誘い方を覚えたんだ？」

もしかしてこれって、エルンスト様の……⁉

アンジェリカは慌てて手を離し、首を左右に振った。

「ちっ……ちっ……違うんです！　あのっ……そういう意味ではなく……私とエルンスト様の間に、な、な、何か挟まっていると思ってしまって……取り除こうと思って……エルンスト様のものとは思っていなかったんです……！　申し訳ございません……っ！」

「なるほど、そういうことだったのか。……ふっ……くくっ……そんなに慌てなくてもいいだろう」

エルンストは目を丸くし、笑い出す。

欲しいのか？　という質問に対しても、これでは否定していることになるのではないだろうか。

アンジェリカの膣口は、おかしくなりそうなほど疼いていた。ここにエルンストの欲望を受け入れたいと泣いているみたいに、蜜で溢れかえっている。

初めての時は、とても痛かった。でも、本能的にわかる。今日はとても気持ちよくなれる——と。

欲しくないのなら、これでやめると言われたらどうしよう。本当に泣いてしまいそうだ。訂正しなければ……。

「あ、あの……」

「ん？」

「決してやましい気持ちがあって、触れたわけではないのですが……ほ、ほ、ほ……」

「ほ？」

「欲しいのは、紛《まぎ》れもない事実です……っ！」

思いきって告白すると、エルンストが目を丸くし、また笑い出す。

「くく……っ……そうか、欲しいのか……あはっ……ははっ……」

なぜ、笑われるのかわからない。

でも、王妃たちのように、馬鹿にされていないことはわかるし、エルンストが笑ってくれるのが嬉しい。

「は、はい」

「それはありがたい。俺もアンジェが欲しいからな」

エルンストは身体を起こすとシャツを脱ぎ、下履きから欲望を取り出すと、アンジェリカの膣口に宛がった。

「ぁ……っ……エルンスト、様も……？」

「ああ、こうして硬くなるということは、アンジェが欲しくて堪らないという証拠だ」

「そうなのですね……」

エルンストも自分を求めてくれているというのが、とても嬉しくて、誇らしい気分になる。

「今日は痛まないといいのだが……」

「痛くても、大丈夫です」

「我慢してくれるのか？　ありがとう。だが、できるだけ、優しくする」

「はい……お願いします……」

エルンストはアンジェリカの手を握り、ゆっくりと挿入していく。

「んん……っ……」

覚悟していた痛みは、訪れなかった。初めての時はあれだけ痛かったのに、嘘のように痛くない。

え、どうして？

「痛いか？」

エルンストは半分ほど入れたぐらいで、アンジェリカに尋ねた。彼女は首を左右に振って、無意識のうちに止めていた呼吸を再開させる。

「……っ……だ、大丈夫……です……全然、痛くないです……」

「本当か？　気を遣って、痛くないふりをしているんじゃないか？」

アンジェリカが嘘を吐いていないか見極めるため、エルンストは彼女をジッと見つめる。
エ、エルンスト様が、こんなに近くで私を見ていらっしゃる……！

見つめられると恥ずかしくなり、顔を逸《そ》らしたくなる衝動に駆られた。

「い、え……違います……ですから、心配なさらないでください……」

「わかった。これから奥まで入れるが、辛かったら教えてくれ」

「はい……」

「いい子だ」

エルンストはアンジェリカの額にキスを落とすと、狭い膣道にゆっくりと自身の欲望を埋めていく。

「ん……っ……ぁ……」

膣道が目いっぱい広がっていくのがわかる。初めての時はその感覚が辛かったのに、今はそれがとてもよかった。

気持ちいい……。

奥まで満たされると、甘い快感が全身へ広がっていく。新たな蜜が生まれ、奥から溢れ出してエルンストの欲望に絡みついた。

「……っ……アンジェ、全部入った……が、平気か……?」

「んぅ……っ……大丈夫、です……」

内側の圧迫感がすごい。でも、辛いとは思わなかった。むしろそれがとてもよくて、ずっとこうして入れていてほしいとさえ思ってしまう。

「そうか、よかった……」

エルンストはホッと安堵した表情を見せ、アンジェリカの髪をそっと撫でた。奥まで挿入したが、彼は動こうとしない。

きっと、動くと辛いと思っているのだろう。しかし、気遣ってもらっているアンジェリカ本人の身体は、ムズムズと疼いていた。

この感覚は、何……?

エルンストの欲望を、中に目いっぱい擦りつけてほしい。

我慢できなくなったアンジェリカは、腰を左右に揺らし、自らエルンストの欲望を膣壁に擦りつけてしまう。

「ん……っ……」

やっぱり、気持ちいい。

さらに揺らしたその時、髪を撫でていたエルンストの手が止まる。

「アンジェリカ、腰を揺らしてどうした？　痛いか？」

「……っ……！」

当たり前だが、気付かれていた。

自ら腰を揺らして快楽を得ていたなんて、恥ずかしいことは言いたくない。でも、痛みがあると誤解させたままでは、エルンストに心配をかけてしまう。

ご心配は、かけたくないわ……！

「ち、違います！」

言葉を話すとお腹に力が入り、中に入っている欲望をより意識してしまう。

「ぁんっ……こ、これは……その……き、気持ちよくて……擦りつけてしまっただけなので……っ……痛くないんです……」

ああ、なんて恥ずかしいの……！

こうして説明している間にも、腰を動かすことをやめられない。

あまりの恥ずかしさにエルンストから顔を背けていると、彼がゆっくりと腰を動かし始めた。中で大きな欲望が擦れる。

「ぁ……っ……んんっ……」

待ち望んでいた快感は、想像以上に強く、アンジェリカはとろけてしまう。

「気持ちよかったのか。では、これはどうだ？」

ゆっくりとした動きから、だんだん激しくなっていくと、さらなる強い快感が襲ってきた。

「ぁっ……ぁっ……気持ち……ぃ……っ……です……んっ……ぁんっ……」

「そうか……まさか、気持ちよくて擦りつけているとは思わなかった」

ククッと笑われ、顔が熱くなる。

「……っ……んぅ……恥ずかし……です……っ……」

「可愛いな」

恥ずかしがるアンジェリカを見て、エルンストは熱を帯びた視線を向け、彼女を突き上げていく。

エルンストが動くたびにグプ、ヌチュ、と淫らな音が聞こえ、アンジェリカの羞恥心と興奮を煽る。

あまりの快感に、目を開けていられなくなるが、時折瞼を開くと、エルンストの気持ちよさそうな顔が見えて、胸の奥がキュンとした。

エルンスト様が、私の身体で気持ちよくなってくださっている……。

その表情をずっと見ていたい。でも、気が付くと瞼が閉じてしまう。

もう、どうして目を開けていられないの……っ⁉

自分の目に苛立っていると、足元からゾクゾクと何かがせり上がってきた。

あ、また……！

その感覚に気が付いた瞬間、それは足元から頭の天辺まで通り抜けていく。

「あぁぁぁ……っ！」

アンジェリカは大きな嬌声《きょうせい》をあげ、中に入っているエルンストの欲望をギュウギュウに締め付けた。

「……っ……アンジェ……達《い》った……のか？」

「い……？」

いったって、どこへ……？

絶頂に達し、何も考えられないアンジェリカは、言葉の意味を理解することができずに返答できない。

しかし、そんな彼女の様子を見たエルンストは、察したようだった。

「達ったんだな。中がすごく締まっているぞ……ただでさえ気持ちいいのに……ああ……もう、俺も……」

エルンストは絶頂の余韻で痺れるアンジェリカを激しく突き上げた。感じすぎておかしくなりそうで、目の前が真っ白になる。

「あんっ……エルンスト……さま……っ……ぁっ……ぁっ……あぁっ……！」

自分が自分ではなくなりそうで怖くて、でも、それが心地いい。癖になりそうな感覚だった。

エルンストはやがて最奥で熱い情熱を弾けさせた。

エルンストはすべてをアンジェリカの中に注ぎ終えると、欲望を引き抜く。小さな膣口からは、収まりきらなかった情事の証がコプリと溢れた。

「アンジェ、大丈夫か?」

「ん……」

アンジェリカは終わってすぐに意識を手放していた。エルンストは口元を綻ばせ、眠る彼女の唇に優しく口付けを落とす。

「頑張ってくれてありがとう。アンジェ、おやすみ」

遠くで、エルンスト様の声が聞こえるわ……。

なんて心地のいい声なのだろう。

笑みを浮かべるアンジェリカに服を着せ直したエルンストは、自身も服を着て彼女の横に寝そべった。

「眠っている時の顔は、昔のままだな」

ランプの灯《あか》りを消したエルンストは、アンジェリカを抱きしめて目を瞑った。

第三章　記憶の蓋

ブーゲンビリア国に到着したアンジェリカは、今までの暮らしが嘘のような生活を送ることとなった。

広い自室を与えられ、たくさんのドレスと装飾品を贈られた。自室が広くても収納しきれないぐらいだったので、衣裳《いしょう》部屋まである。

そして左手には、大きなダイヤのついた婚約指輪が贈られた。

この指輪が何かと視界に入り、これを見るたびにネモフィラ国から脱出できて、エルンストの妻になれるのだと思い出させてくれて、嬉しくなる。

ネモフィラ国では硬くなったパンとスープしか貰うことができなかったが、今では毎食、素晴らしい料理の数々を味わうことができる。

自国でも最低限のマナーや姫教育は受けてきたものの、ネモフィラ国で通用するか心配だと話すと、エルンストはすぐに家庭教師を付けてくれた。

ブーゲンビリア城の使用人たちは皆優しく、誰もアンジェリカをあざ笑ったり、意地悪をしたりする者はいない。

自国で悲しい日々を送ってきたアンジェリカは、ブーゲンビリア国では上手く暮らしていけるか、何か失敗をするのではないか、こんな身分の低い姫は受け入れられないのではないかと不安だった。しかし、皆温かく受け入れてくれ、よくしてくれている。

エルンストだけでなく、自分を受け入れてくれた人たちにも恩返しがしたい。

何も持っていない自分ができることは、フォルカーが教えてくれたとおり、やはり子供を産むことだという考えに至った。

「イルザ、あの……今日も教えてくれる？」

「かしこまりました。本日は、こういったナイトドレスを身につけるのはいかがでしょうか？」

イルザが見せてくれたナイトドレスは、全てレースで出来ていて、思いきり透けていた。

「す、透けているわ……!?」

「はい、透けて身体が見えることで、男性の興奮を煽るのです。アンジェリカ様のお身体は素晴らしいので、こういったものが映えるかと！　エルンスト様もきっとお喜びになりますよ。お身体を透けさせるのが目的なので、下着は付けずにお召しになってくださいね」

「し、下着を付けずに……」

イルザは衝撃を受けているアンジェリカにナイトドレスを手渡した。何度見ても、透けている。

アンジェリカは時間ができると、イルザに性のことを積極的に質問していた。

初めは戸惑っていたイルザだったが、アンジェリカの真剣さに心を打たれたようで、今は一生懸命教えてくれる。

「フォルカー様も、お喜びになるの？」

「……っ……フォルカー様は、その……っ……」

自分のことを聞かれると口ごもるイルザだったが、アンジェリカの真剣な目に見つめられると逆らえない。

「お喜びになるの？」

「は、はい……とてもお喜びになりますね。積極的に着せてこようとするので困ってしまって……って何を言っているのかしら。私……申し訳ございません」

イルザとフォルカーは戦争時代から付き合っていて、アンジェリカとエルンストが結婚した後に、自分たちも結婚するそうだ。

今まで結婚しなかったのは、君主であるエルンストが結婚しないのに、自分たちが結婚するわけにはいかないという遠慮だったらしい。

エルンスト本人はまったく気にしていなくて、早く結婚しろと言い続けていたそうだ。アンジェリカも早く二人が結婚して、幸せになってくれたらいいと思う。

「ううん、私が聞いたのだもの。教えてくれてありがとう。えっと、今夜……その、き、着てみるわね……」

「はい！　ぜひそうしていただけますと、私の羞恥心が報われます」

「ん？　羞恥心？」

「いえ、何でもございません！」

「あの、今日は、もっと教えてくれる？」

「ええ、そう仰ると思いまして、これをお持ちしました。こちらをどうぞ」

イルザが持ってきたのは、数本のバナナだった。皮は剝《む》かれていない。

バナナはブーゲンビリア国に来てから、初めて食べた。

ブーゲンビリアは南の方にある果物が豊富な国とも友好条約を結んでいるので、珍しい果物がたくさんあるそうだ。

バナナは当然ネモフィラ国には流通していないし、そもそもアンジェリカは粗末な食事しか与えられていないため、果物自体を食べさせてもらえなかった。

でも、アンジェリカはバナナという果物があることは知っていて、憧れを持っていた。

どうして、知っていたのかしら。

ウィルソン男爵家で、祖父母か使用人から聞いたことがあった？　いまいちピンとこない。

王城に来てから本を読んで知ったのだろうか。

「バナナを食べるの？」

初めて食べたバナナはとても美味しくて、大好物になった。密かに喜んでいると、イルザが首を左右に振った。

「最終的に召し上がっても構わないのですが、今日はこちらを男性器に見立てて、男性を悦《よろこ》ばせる練習をしようかと」

「男性器……っ⁉」

思わず大きな声が出てしまい、アンジェリカは口元を押さえた。そんな慌てる彼女を見て、イルザはクスクス笑う。

「男性器を女性の口で愛撫《あいぶ》されるのを悦ぶ男性は多いので、こちらを使ってお教えさせていただこうかと思っております」

「口で……」

そういえば、エルンストは口でアンジェリカの秘部を愛撫してくれている。それはとても気持ちよくて、思い出すだけでも身体が熱くなってしまう。

「ご抵抗がありますか？」

「いえ！　そんなことないわ。イルザ、教えてくれる？」

「かしこまりました」

イルザは恥じらいながらも、男性器の愛撫の仕方を教えてくれた。

◆◇◆

夜、アンジェリカはエルンストの部屋を訪ねた。

ブーゲンビリア国に来てから一週間、毎夜時間を共にしている。

アンジェリカがエルンストの部屋を訪ねることもあれば、逆のこともあって、特にどちらの部屋で……とは決まっていない。

正式に結婚すれば、夫婦の寝室を使うことができるので、こういったことはなくなるのだろう。

今日はガウンの下に透けたレースのナイトドレスを着ているので、エルンストの部屋に着くまで落ち着かなかった。

ガウンで裸は見えないとはいえ、何か事故があって脱げてしまったら……と想像し、途中で何度も自室に戻りそうになった。

イルザが付いていてくれなかったら、恐らく戻って普通のナイトドレスに着替えていたことだろう。

「アンジェリカ様、頑張ってくださいね」

「ええ、練習を思い出して頑張るわ」

アンジェリカがエルンストの部屋の扉をノックすると同時に、イルザは「では、失礼致します」と小さく挨拶し、去って行った。

「アンジェ、来たのか。今、そちらに行くところだった」

「そうだったのですね」

エルンストの前に立つと、すべて見透かされているような気がして、アンジェリカはガウンの前をギュッと掴む。

淫らなナイトドレスを着ていると、なんだか後ろめたい気分になる。

イルザが大丈夫と言ってくれたから、大丈夫なのだろう。でも、この気持ちは、とても言葉では表現できない。

「えっと、今夜もご一緒させていただいてよろしいですか？」

「ああ、もちろんだ」

エルンストの部屋は、たくさんの本が置いてある。

彼は読書が好きだが、戦争に行っていた頃はそんな余裕はなくて、読めなかったのが辛かったと言っていた。

そして棚には手作りの人形や工芸品がたくさん置いてある。

エルンストはあちこちの領地に視察へ行くので、その先で民がくれるものを飾っているそうだ。

木の実などを使って作った可愛らしい人形や、色とりどりの糸の腕輪など、アンジェリカにとっては珍しいものばかりだ。

部屋に飾りきれないものは、政務室に飾ってあるのだという。

わざわざ自室や政務室に飾ってあることで、エルンストが国民をどれだけ大切にしているかがわかる。

エルンストに案内され、アンジェリカはベッドに座った。

「そういえば、今日はかなり食事を残したそうだな。どこか調子が悪いのか？」

「あ、いえ、間食をしてしまって、入らなかっただけです」

練習で折ったバナナをすべて食べたので、夕食の時間になってもお腹がいっぱいだった。

イルザに残りは明日の朝に食べたいとお願いしたら、残りものは使用人たちが食べるので、朝食は新しいものを……と言ってくれた。

申し訳のない気持ちでいっぱいだったけれど、豪華な食事が食べられることで、使用人たちが喜ぶと聞いて、罪悪感が和らいだ。

「間食？　何を食べたんだ？」

「えっ⁉　あ、えっと、あの、バナナ……です」

エルンストを気持ちよくさせるための練習を思い出し、アンジェリカの顔が赤くなる。

「バナナが相当気に入ったようだな」

「へっ⁉　い、いえ！　き、き、気に入ったわけでは……」

「初めて食べた時、すごく美味しいと言っていたし、今日も美味しかったから食べたのではないのか？」

「あ……っ」

アンジェリカの馬鹿、性器を口で刺激するのが好きなのかって聞かれたんじゃなくて、バナナが好きかっていう意味よ！

「好きじゃないのか？」

「す、好きです……！　美味しいですから」

そう、いかがわしい意味ではない。美味しいからだ。

「そうか。だが、いくら好きでも、バナナばかりでは栄養が偏るから、食べ過ぎないようにして毎食とらないとな」

「はい、気を付けます……」

エルンストは柔らかな笑みを浮かべ、「いい子だ」と言ってアンジェリカの頭を撫で、唇を重ねた。

「ん……」

ちゅ、ちゅ、と角度を変えながら唇を吸われ、やがて深くなっていく。

アンジェリカが口付けに夢中になっていると、ガウンの紐を解かれた。

口付けに感じて身悶えすると、はらりと前がはだける。アンジェリカがそのことに気が付いたのは、エルンストが顔を離し「ん?」と声を出してからだった。

「アンジェ、すごいのを着ているな?」

「あっ」

そうだわ。私、いかがわしいナイトドレスを身に着けていたんだったわ……!

薄いレースのナイトドレスは、アンジェリカの裸を透かしている。もちろんイルザに言われた通り、下着は身に着けていない。

「イルザに勧められたのか？」

「は、はい……エルンスト様は、こういったナイトドレスは……お、お好きでしょうか？」

「好きかどうか知るために見たい。手を退けてくれるか？」

「えっ⁉　あ、は、はい」

そ、そうよね。

アンジェリカは咄嗟に両手を交差させ、胸を隠していた。アンジェリカはおずおずと手を退け、エルンストにナイトドレスを見せる。

「い、いかが……でしょうか？」

エルンストの視線が、上から下へ舐めるように動く。彼の情熱的な視線を感じると身体が熱くなり、胸の先端がツンと起《た》ちあがった。

「……ああ、すごく好きだ」

「本当ですか⁉」

「本当だ」

エルンストはシャツを脱ぐと、アンジェリカを押し倒した。

「よく似合っている」

「あ、ありがとうございます。でも、とても恥ずかしいです」

「恥ずかしいけれど、俺のために頑張って着てくれたのか」

「は、はい……」

エルンストは満足そうに笑うと、ナイトドレスの上からアンジェリカの胸を揉み、尖った先端をペロリと舐めた。

「ぁん……っ」

アンジェリカはビクッと身悶えし、甘い嬌声をあげる。

「これだと着たままでもできそうだな?」

エルンストに胸を可愛がられ、感じて動くたびに裾がずり上がり、もう少しで秘部が露わになりそうだった。

「ぁ……っ……んんっ……は……んっ……」

とうとう秘部が露わになると、長い指が伸びてきて花びらの間をなぞる。

「ぁんっ……!」

なぞられた瞬間、淫らな水音が響く。敏感な蕾を指でクリクリ撫でられ、アンジェリカは一際大きな声を上げる。

「あぁんっ……! そこ……は……んんっ……」

頭が真っ白になっていく。

このまま流されそうになるが、先ほどの練習を思い出してハッと我に返った。

私が気持ちよくなってどうするの……！　エルンスト様に気持ちよくなっていただきたいのに！

「エルンスト……様……」

「ん？　もっとか？」

敏感な蕾をキュッと抓まれ、アンジェリカは快感に震える。

「ひぁんっ……ち、違……」

どういう流れで、気持ちよくすればいいのだろう。いつも受け身ばかりのアンジェリカには、想像がつかない。

これもイルザに教えてもらえばよかったと今さら後悔した。

「違う？　じゃあ、舌で気持ちよくするか？」

エルンストに敏感な蕾を舐められることを想像し、アンジェリカは身体を熱くする。

駄目……これ以上ここを弄られたら、何もできなくなってしまうわ。

流れなど考えている余裕はない。早くしなくては……。

アンジェリカは首を左右に振って、秘部を可愛がるエルンストの手を掴んだ。

「アンジェ？」

「……っ……あの、お願いがあります……わ、私も……私もエルンスト様を……気持ちよくしたいです……っ」

アンジェリカのお願いに、エルンストは赤い目を丸くする。かなり驚いているようだ。

「アンジェが気持ちよくしてくれるのか？」

「は、はい、ご許可いただけますか？」

ドキドキしながら尋ねると、エルンストが口元を綻ばせる。

「許可など取る必要はない。俺の身体は、アンジェのものだからな。好きにしていい」

「わ、私……の……っ⁉」

「ああ、そうだ。アンジェも俺のだろう？」

エルンストはニヤリと笑い、アンジェの唇を吸う。

「ん……っ……は、はい……私は、エルンスト様のもの……です」

アンジェリカがそう答えると、エルンストは満足そうに笑みを浮かべた。

「でも、嫌がることはしないから、安心してくれ。だが、アンジェは俺に色々していいぞ。好きなことをするといい」

「そんな！　私もエルンスト様が嫌がることはしません……っ！」

「そうか、アンジェは優しいな」

エルンストはまたアンジェリカの唇を吸い、ゆっくりと身体を起こした。

「それで、どうやって気持ちよくしてくれるんだ？」

エルンストの欲望はすでに大きくなり、下穿きを押し上げている。アンジェリカは起き上がり、真っ赤な顔でチラリとそこを見た。

「そ、その……こちらを、口で……」

「こちらって、どこのことだ？」

そう質問するエルンストは、意地悪な笑みを浮かべている。もちろん、アンジェリカの意図はわかっている上で尋ねているのだ。

「えっ……！　えっと、それは……ですね」

性器というのが恥ずかしくて、別の言い換えがないか考えていると、エルンストがアンジェリカの手を取った。

「触って教えてくれるか？」

「さ……っ……触って……」

アンジェリカは恐る恐る手を伸ばし、エルンストの欲望に触れた。布を挟んでいるが、体温が伝わってくる。

「こ、こちら……を……私の口で……気持ちよくしてもいいでしょうか？」

真っ赤な顔をするアンジェリカを見て、エルンストは満足そうに頷く。

「ああ、もちろんだ。すごく嬉しい」

「あ……っ……ありがとうございます」

嬉しいって言ってくださった。喜んでくださっているのね！

「で、では、失礼致しますね」

下履きの紐を解いて、ゆっくりとずり下ろすと大きな欲望がブルンと飛び出した。

「ひゃっ」

驚いて思わず声を上げると、エルンストがククッと笑う。

何度か身体を重ねているが、こうして間近でエルンストの欲望を見るのは初めてだった。不思議な形をしていて、とても大きい。

バナナよりもずっと大きいわ。練習通りにできるかしら。

エルンストの足の間に入り、アンジェリカはイルザとした練習を思い出し、舌で大きな欲望をなぞった。

「んん……っ……ふ……んん……」

バナナとは違う淫らな舌触りに、下腹部がゾクゾクと震える。新たな蜜が溢れ、太腿に垂れていく。

すべて口の中に入れようとしたら、欲望の先端が喉の奥に当たり、むせてしまう。

「ケホ……！　ケホケホッ……」

「大丈夫か？　全部咥えなくても大丈夫だ」

「で、ですが、それでは気持ちよくできな……ケホッ」

「今でも十分気持ちいい」

エルンストは嬉しそうに口元を綻ばせ、アンジェリカの髪を撫でた。

「本当……ですか？」

「ああ、上手だ。アンジェ……どうやってこんなこと、覚えたんだ？」

上手って言って頂けたわ……！

褒められたことで嬉しくなったアンジェリカは、エルンストの欲望を持ったまま満面の笑みを浮かべた。

「えっと、練習しまして」

「練習してくれたのか。でも、どうやって？」

「その、バナナを……」

「バナナ？」

褒められたことが舞い上がって口を滑らせてしまったが、聞き返されたことで恥ずかしくなってきた。

「……っ……な、なんでも……ありません」

「バナナを使って口淫の練習をしたのか？」

うう、お聞きにならないで～……！

誤魔化すわけにもいかず、アンジェリカが頷くと、エルンストが笑い出す。

「バナナを何本も食べていたのは、もしかして……」

「そ、そうです……練習で何度も折れてしまったので食べたんです」

「くく……っ……あはっ……あははっ」

もう耐えられないと言った様子で、エルンストは豪快に笑った。掴んだ欲望まで上下に揺れている。

こ、こんなに笑われるなんて～～……！

とても恥ずかしい。でも、エルンストが笑ってくれるのは素直に嬉しくて複雑だ。

「し、失礼します……！」

恥ずかしさを誤魔化すために、アンジェリカは再びエルンストの欲望に舌をなぞらせ始めた。

「ああ……アンジェ、気持ちいい……」

エルンストはアンジェリカの頭を撫で、落ちてきた髪を耳にかけた。

「ん……っ」

耳に指が触れると、ゾクゾクする。

「アンジェ、舐めながらこちらを向いてくれ」

「んぅ……？」

言われた通りにエルンストの方を向くと、彼の赤い瞳と目があった。

「可愛い……アンジェ……」

「ん……んん……」

熱っぽい瞳で見つめられると、お腹の奥がゾクゾクする。

アンジェリカの秘部はトロトロにとろけていて、少し動くだけでもクチュリと淫らな音が聞こえた。

舐め続けていると、先端から蜜が溢れてきた。

それは男性が気持ちよくなっている証拠なのだと教えてもらっていたので、アンジェリカは嬉しくて堪らない。

エルンスト様、もっと気持ちよくなってください……。

「ん……っ……んぅ……」

必死になって舐め続けていると、エルンストが肩に触れてくる。

「……っ……アンジェ、もう終わりにして大丈夫だ。ありがとう」

「え……っ……き、気持ちよく……なかったですか？」

「いや、すごく気持ちよかった」

「では、どうして……」

遠慮しているのだろうか。それとも気持ちいいというのはお世辞で、本当はあまりよくなかったのだろうか。

不安になっていると、エルンストがアンジェリカの唇を親指でプニプニ触れて遊ぶ。

「このままだとアンジェの口の中で出してしまいそうだったが、子を作るにはこちらに出さないといけないだろう？」

花びらの間を長い指でなぞられ、不意打ちで与えられた快感に、アンジェリカは甘い声をあげる。

「ぁんっ！」

変な声が出てしまい、アンジェリカは両手で口を押える。

「可愛い声だ」

「は、恥ずかしいです……」

「恥ずかしがるのも可愛い。アンジェはすべて可愛い」

エルンストはアンジェリカを組み敷き、濡れた膣口にガチガチに硬くなった欲望を宛がい、ゆっくりと挿入した。

「ん……ぁっ……あぁ……っ……！」

あんなに大きかったものが、自分の中に収まるのが不思議で仕方がない。そんなことを考える余裕があったのは、ここまでだった。

「アンジェの口の中も気持ちよかったが、こちらもすごく気持ちがいい」

「エルンスト……さ、ま……っ……ぁんっ……気持ちよくなってくださって……嬉し……っ……んっ……ぁっ……ぁっ……あぁんっ……！」

激しく突き上げられ、アンジェリカは息をするのも忘れて感じ、あっという間に絶頂に達した。

「……っ……そんなに締め付けて……もう達ったのか？」

「ん……ごめんな……さ……」

「謝ることはない。気持ちよくなってくれて嬉しい」

エルンストはアンジェリカの唇を吸いながら、絶頂に痺れている欲望を擦りつけ続けた。

「ん……っ……んんっ……」

ああ、今、動かれては……気持ちよすぎて、おかしくなってしまう。

感じすぎて辛くて、でも、それがよかった。

エルンストが動くたびに中の蜜が掻《か》き出《だ》され、ぐちゅぐちゅと淫らな水音が響く。それに加え、二人の息遣い、肌がぶつかり合う音、ベッドが軋《きし》む音――すべてが淫猥に響き、アンジェリカの興奮を煽った。

幸せ……。

ずっと、こうしてエルンストと繋がっていられたら、どんなに幸せなことだろう。この時間が、永遠に続けばいいのにと心から願う。

今、達したばかりなのに、また絶頂が足元からせり上がってくるのを感じた。

ゾクゾクと肌が粟立ち、エルンストの欲望を締め付ける。

アンジェリカはそれから何度も達し、エルンストが絶頂に達する頃には夢うつつとなり、気絶に近い形で眠ってしまった。

◆◇◆

気が付くとアンジェリカは、ネモフィラ国の自室に居た。

私、どうしてまたここに……。

心臓が嫌な音を立てる。

狼狽《ろうばい》していると、後ろから背中を思いきり押され、アンジェリカはその場に転んでしまう。

振り向くとそこには、王妃とドロシーが居て、彼女を見下ろしていた。

「お、王妃様……ドロシー……」

『本当にお前は卑しい女ね。母親そっくり。身分も低いし、醜くて、何の価値もない。人に不快な思いをさせる価値のない女！　お前がいるだけで、吐き気がするわ！』

『あんたみたいな女が、私の姉だなんて恥ずかしいわ。あんたは自分自身が恥ずかしくないの？　私なら耐えられなーいっ！』

王妃とドロシーに罵られ、アンジェリカは俯《うつむ》く。


私には、何の価値もない――。


身体の左側がわずかに沈むのを感じ、アンジェリカは目を開いた。

「ん……」

天井はネモフィラ国の自室の天井ではなく、天蓋の内側だった。ここはエルンストの部屋のベッドだ。

今のは、夢だったのね。よかった……。

安堵で大きなため息を吐くと、エルンストに顔を覗き込まれた。その手には水の入ったグラスを持っている。

「すまない。起こしてしまったな」

「いいえ……悪夢を見ていたので、起こしていただけて助かりました……エルンスト様は、眠れなかったのですか？」

「いや、今喉が渇いて起きたところだ。アンジェも飲むか？」

「はい、いただきます」

エルンストは今持ってきた水をアンジェリカに渡し、自分はまた新しいものを持ってくる。

冷えた水が、渇いた口の中や喉を潤わせてくれる。アンジェリカはあっという間に飲み干した。

「どんな夢を見たんだ？」

「あ……えっと、王妃様とドロシーに嫌なことを言われる夢を……」

「そうか……」

エルンストは空になったグラスを受け取ると、アンジェリカの髪を優しく撫でた。

「過去にあった嫌なことは、夢に見ることが多い。それだけ、心に傷が付いているということだ」

「……エルンスト様も、夢に見ますか？」

「そうだな。未《いま》だに戦場にいる夢をよく見る」

悲しそうに笑うエルンストを見て、アンジェリカは質問したことを後悔した。

「ごめんなさい……嫌なことを聞いてしまって……」

「先に聞いたのは俺だ。それに嫌じゃない。アンジェに自分のことを知ってもらえるのは、嬉しい」

「エルンスト様……」

エルンストはアンジェリカを抱き寄せ、背中を撫でた。

彼の身体はとても大きく、温かい。

エルンストの温もりや優しさが、悪夢でささくれだっていた心を癒《いや》してくれる。

エルンスト様は、優しくて、素晴らしいお方――それに比べて、私は……。

アンジェリカはエルンストの身体を押し返し、距離を取る。

「アンジェ？」

「エルンスト様は、とても素晴らしいお方です。私のような何も持っていない人間が妻で、本当にいいのでしょうか……エルンスト様は私に同情して、それで私を妻にしてくださって……

でも、それでは、私ばかりがいい思いをして、エルンスト様は損をしています……」

「……俺が求婚したのは、同情からだと思っていたのか？」

「はい……え、違うのですか？」

「違う」

「ええ……っ⁉」

衝撃を受け、アンジェリカは声を荒げる。

「……そうか、そうだな。あの状況だと誤解されても仕方がない。だが、そのせいで、アンジェを不安にさせたな」

エルンストは、混乱するアンジェリカの頭をポンと撫でた。

同情ではないのなら、何もない自分をどうして妻にする気になってくれたのだろう。わからない。

「アンジェ、俺はお前を愛しているから、妻にした。決して同情ではない」

「え……」

愛している……？　エルンスト様が、私を……？

思ってもみない告白をされ、アンジェリカはますます混乱する。

だって、愛されるようなきっかけなんて何もなかった。それなのに、どうして……。

「わ、私なんかを……どうして……」

「それは、いつか機会があった時に話させてくれ。アンジェ、もう自分を卑下するのは、やめろ。アンジェは誰にも劣ることがない。素晴らしい女性だ」

「エルンスト様……」

エルンストの言葉であっても、虐待によって根付いた自信のなさは、なかなか拭うことができない。

エルンストもそれに気付いているようで、考えを巡らせているようだった。

「……アンジェ、あなたは俺に選ばれ、俺の婚約者となり、結婚式を挙げれば妻となる」

「は、はい……っ」

「アンジェが自分を卑下するということ、そして誰かがアンジェを貶《けな》すということは、アンジェを選んだ俺を貶しているのと同じことになる」

「……！」

「どう思う？」

「い、嫌です……っ！　エルンスト様は立派なお方で、そんなことはあってはなりません」

「そうか。では、俺のためにも、堂々としていろ。アンジェ」

エルンスト様を貶すことになる——。

それを言われたら、もう自分を卑下する気にはならなかった。

「まだ夜明けまで時間がある。もう少し眠ろうか」

「え、ええ……」

ベッドに入ってしばらくすると、エルンストの寝息が聞こえてきた。

一方アンジェリカは、先ほどのエルンストの「愛している」の言葉を繰り返して思い出し、なかなか寝付けずにいた
エルンスト様が、私を……。

頬が熱い。足元がフワフワして、雲の上にでもいるような気分だった。

駄目、眠れないわ……。

カーテンから光が漏れている。夜が明けたようだ。

横になっているのに飽きたアンジェリカは、エルンストが民から貰った品を見て回ることにした。

珍しい花を押し花にした栞《しおり》、石を削って作った犬の人形、綺麗な色をした石——どれもエルンストに対する感謝が込められていて、見ているのが時間を忘れるほど楽しい。

「あら？」

アンジェリカは貝殻の前で、足を止めた。

白くて大きな貝殻で、下にはわざわざクッションが敷かれていて、一際目立つ場所にあり、特別扱いされているのがわかった。

目が離せない。これを見ていると、切ないような、寂しいような、温かいような……複雑な気持ちになる。

どうして、私、こんな気持ちになるの……？

この貝は、確かネモフィラ国だけに生息する貝だ。でも、どうしてそんなことを知っているのだろう。

王城で図鑑を見た？　ううん、違う。図鑑は重くて部屋まで持って帰るのが大変だったから、そんな本をわざわざ選ぶとは思えない。

じゃあ、どうして……？

アンジェリカは手を伸ばし、その貝殻を持ちあげた。裏返すと、そこには赤いインクでハート型が描いてあった。

「これ……」

それを見た瞬間、頭がズキンと大きく痛む。あまりの痛みに崩れ落ちると、記憶の蓋が開くのを感じた。

五歳までの時の記憶が一気に流れ込んでくる。

このハートは、私が描いたものだわ。じゃあ、これを持っている人は……。

アンジェリカは頭を押さえながら振り返り、ベッドに眠るエルンストを見て呟いた。

「金色の猫さん……?」

第四章　金色の猫

エルンスト・ヴァイスは、ブーゲンビリア国の第一皇子として生を受けた。

皇妃である母は六歳の頃に流行り病で亡くなり、側室であったブランカが皇妃の座に就いてからというもの、エルンストの処遇は悪化した。

今まで使っていた部屋は追い出され、皇位継承権と共に、持ち物はすべて取り上げられた。下級使用人が使う部屋を与えられ、食事は満足に与えてもらえない。

ブランカから定期的に暴力を振るわれ、何かと弟と比べられた。

弟もブランカの真似をして嫌がらせをするようになり、皇帝である父に助けを求めても、見ないふりをされた。

助けを求めたことが明るみとなり、ますます酷い虐待を受け、エルンストはもう二度と頼らないと心に決めた。

皇位継承権は取り上げられたが、皇帝になるために必要な勉強は続けた。亡くなった母と、勉強は欠かさないと約束したからだ。

十二歳を迎える歳から、エルンストは戦争に出征するよう命じられた。

勝利して帰ってくるたび、ブランカは「お前なんて死ねばよかった」「なぜ帰って来た」とエルンストを陰で怒鳴りつけた。

城での暮らしは、死んだ方がましだと思っていた。しかし、戦地で実際に死と隣り合わせになると、死ぬのが怖かった。

なぜ、死にたくないのだろう。

こんなに辛い毎日を送るだけなのに、どうして……。

皇帝は侵略活動に積極的で、戦争をしていない日はないのではないかと思うほどだった。

国民も徴兵され、自国の領土が増えて皇帝が喜ぶたび、国民は大切な家族を失い、深い悲しみに襲われた。

戦争に行くたび勝利して帰って来たエルンストだったが、十五歳になった頃、敵兵に襲われ、海に落ちた。

朦朧《もうろう》としながらも浮いていた木くずにしがみつき、気が付くと、どこかの岸に打ち上げられていた。

喉の渇きを感じて目を開けると、美しい少女が見下ろしている。

月光を紡いだような銀色の髪に、海のように青い瞳、透き通るような白い肌だ。五歳ぐらいだろうか。

こんなに綺麗な少女は、初めて見た。

もしかしたら、自分はもう死んでいて、目の前にいる少女は自分を迎えに来た天使なのではないかと思っていると、少女が口を開く。

「もしかして、あなた……金色の猫さん？」

「……金色の猫？　う……ケホッ……」

喉がカラカラで咳《せ》き込《こ》むと、少女がギョッとする。

「大丈夫……っ⁉」

「水……を……」

「お水⁉　待っていて！」

少女はどこかへ走って行った。

ああ、身体が怠《だる》い……。

再び意識を失ったが、走って来る足音で目を覚ました。

「金色の猫さん、お水持ってきたよ！」

「ありがとう……」

なぜ、この子は俺を金色の猫と呼ぶんだ？

少女から貰った水を飲み干すと、なんとか起き上がることができた。

けれど、長い間、飲まず食わずで海水に浸かっていたこと、全身怪我だらけで衰弱していたエルンストは高熱を出していて、すぐに動き出せる状態ではなかった。

「……ここは……どこなんだ？」

「どこって？」

少女は小首を傾げ、大きな目でエルンストをジッと見つめる。

「あー……えーっと、自分の住んでいる場所の名前、わかるか？」

「ええ！　わかるわ。ここはネモフィラ国よ」

ネモフィラ国……よかった。友好国だ。

戦争しているのは少しだけ離れた国で、どうやら東の方向に流されてきたらしい。ここから戦地に戻るのは、そこまで難しくない。

「金色の猫さん、ずぶ濡れだわ。うちに来て？　すぐ傍にあるのよ。ほら、あっちよ」

少女が指を差した先には、大きな屋敷があった。身なりからしてそうだと思ったが、貴族令嬢らしい。

「ありがとう。でも、行けない」

友好国といっても、手放しでは信頼できない。血の繋がった自分の父親ですら信用できないのだから。

「どうして？」

純真な目で見つめられたエルンストは、信用できないから……とは、さすがに言えなかった。話を変えよう。

「……それよりも、どうして俺のことを金色の猫と呼ぶんだ？」

「金色の猫さんじゃないの？」

「俺は……」

名乗るのもまずいな。

「あのね、絵本に書いてあったの」

少女はお気に入りの絵本の話をしてくれた。

黒猫だけが住む島に、一匹だけ赤い目をした金色の猫が生まれた。一匹だけ毛色が違う金色の猫は苛められ、小舟に乗せられ島を追い出されてしまう。

小舟はどこへ向かうのかわからない。

お父さん、お母さん、会いたいよ……どうして僕だけ追い出されるの？

金色の猫が寂しくて泣いていると、大きな船が現れた。

そこに乗っていたのは人間だった。

人間たちは甲板で楽しそうにパーティーを開いていて、黒い髪、金色の髪、赤い髪、違う色をしているのに、みんな仲良く手を取り合い、踊っていた。

いいなぁ……自分は仲良くしてもらえなかったけど、人間は毛の色が違っても仲良くできるんだ。いいなぁ……いいなぁ……。

小舟はどんどん流され、やがて大きな船は見えなくなった。でも、金色の猫はさっきの光景を忘れることができない。

繰り返し思い出していると、空に大きな月が見えた。

お月様、お願いします。どうか僕を人間にしてください。

次の瞬間、大きな波がやってきて、小舟は沈んでしまう。

次に目を開けた時には、金色の猫はどこかに岸に流れ着いていた。

身体には毛がなくなり、二本足で歩けるようになったことに驚いて海を覗《のぞ》くと、そこにはさっき見た人間が映っていた。

そう、お月様が可哀相《かわいそう》な金色の猫の願いを叶えてくれたのだった。

髪の毛は金色だけれど、人間は毛の色を気にしないから大丈夫！　やった！　僕も誰かと楽しく遊ぶことができるぞ！

人間になった金色の猫は、海に遊びに来た女の子と友達になり、楽しい日々を送った。

ある日、金色の猫は猫の姿に戻ってしまったが、女の子は黒猫たちのように金色の猫を苛めることはなかった。

――僕は人間でも、黒猫でもない。金色の猫なんだ。それでも僕と仲良くしてくれるの？

――もちろんよ。わたしはあなたが大好きなんだもの。人間とか、黒猫とか、金色の猫なんてどうでもいいの。あなたがあなたであるだけでいいのよ。

金色の猫は赤い目からポロポロと大粒の涙を流した。

僕は僕のままでいいんだ。金色の猫でもいいんだ。

金色の猫は長い冒険を経て、大切な友達を作ることができたのだった。


という話らしい。

少女は金色の猫に出会いたくて、毎日海に来ているそうだ。

なるほど、俺の髪と目の色で、金色の猫が本当に現れたと思っているのか。

素性を明かしたくないから、ちょうどいい。その設定を利用させてもらおう。

「俺が金色の猫だと、よくわかったな」

「やっぱり、そうなのねっ！」

海のような色の瞳を輝かせ、喜ぶ少女を見ていると罪悪感でやや胸が痛む。

「金色の猫さん、うちに来て！　おじいさまとおばあさまにも会わせたいの」

おじいさまとおばあさま……ということは、あの屋敷は自分の屋敷ではなく、祖父母の屋敷に遊びに来ているというところだろうか。

「俺は行けない」

「どうして？」

何かそれらしい理由を考えなければ……。

栄養失調でクラクラする頭を必死で働かせる。

「あ……あなた以外の人に会うと、魔法が解けて猫に戻ってしまうんだ。せっかく人間になれたから、戻りたくない。俺のことを内緒にしてくれるか？」

少女は口元を押さえ、コクコク頷いた。

「わ、わかったわ！　私、絶対に誰にも言わないから安心してっ」

「ありがとう」

お礼を言うと、少女は目を輝かせた。

近くには山が見える。ということは、猟師が使用している山小屋もあるかもしれない。回復するまではそこを利用して、頃合いを見てネモフィラ国を出て、戦地へ戻ろう。

幸いにもポケットには、いざという時のためにと忍ばせていた宝石が流されずに残っている。これを換金すれば、路金《ろぎん》はなんとかなるはずだ。

「金色の猫さん、ちょっと待っていてね！」

少女が屋敷に向かって走っていくのを見計らい、エルンストは重い身体を引きずって山へ向かった。

エルンストの予測した通り、そこには猟師の使う山小屋があった。当分はここで雨風を凌《しの》ぐことができそうだ。

少し動いただけなのに、ドッと疲れた。

塩水に浸かっていたせいで傷口が痛む。空腹で頭がクラクラする。それに身体が濡れていて寒い。

でも、その状況をどうにかできる体力は残っていなかった。

このまま死ぬんじゃないだろうか。

目を開けているのすら億劫《おっくう》で瞼を閉じると、気絶に近い形で眠ってしまう。ブランカに痛めつけられる悪夢を見ていると、物音が聞こえてハッと目を覚ます。

ぼんやりと目を開けると、少女が覗き込んでいた。

「金色の猫さん、待っていてって言ったのに」

少女の髪には、あちこち葉が付いていた。エルンストを探して、くっ付けてきたのだろう。

「あのね、濡れた服のままだと気持ち悪いでしょ？　おじいさまの服を持ってきたわ。着替えてね。それから傷薬も持ってきたの。あとサンドイッチと、それから……」

エルンストを金色の猫だと思い込んだ少女は、甲斐甲斐《かいがい》しく彼を看病した。濡れた身体を拭くタオルを運び、ご飯を食べさせ、ブランケットをかけてくれる。

タオルとブランケットはフカフカで、太陽の匂いがした。

ああ、こんないい香りを嗅ぐのは、いつぶりだろう。

「ありがとう……えっと……名前を聞いていいか？」

「ええ！　もちろんよ。私ね、アンジェリカっていうの。アンジェって呼んでね」

「アンジェ、ありがとう。助かったよ」

そうお礼を言うと、アンジェリカは太陽のような笑顔を浮かべた。

なんて眩《まぶ》しい少女なんだろう。

アンジェリカは、毎日エルンストの元に通った。約束を守ってくれているようで、山小屋には彼女しか来ない。

アンジェリカの介抱のおかげで、エルンストは日に日に体力を取り戻していた。

アンジェリカはすっかりエルンストに懐き、エルンストもアンジェリカに心を許すようになっていった。

「アンジェは貴族令嬢なのだろう？　侍女もつけずに出歩いていいのか？」

「一緒の時もあるけど、ほとんど一人よ」

「そうなのか」

大らかな方針なのだろうか。

アンジェリカは、男爵令嬢らしい。父親は誰なのかわからず、母親とは死別しているので、祖父母の屋敷で暮らしているそうだ。

「あのね、今日はおじいさまが、いきなり『わーっ！』って叫んで、頭をブンブン振ったの。どうしてだと思う？」

「ええ、なんでだろう」

「うふふ、葉巻の灰が風で飛んで髪について、それが虫に見えたんですって。面白くてお腹が痛くなるくらい笑っちゃった」

アンジェリカは、よく笑う子だった。彼女が笑うと、エルンストまでつられて笑ってしまう。

ああ、こうして笑うのは、いつぶりだろう。

「今日はね、苺《いちご》を持ってきたの。はい、どうぞ」

「ありがとう」

アンジェリカはキラキラした目で、エルンストが苺を食べるのを眺めている。

「美味しい？」

「ああ、美味しい」

「よかった！　金色の猫さんは苺好き？　私はね、苺が一番好きなの。何もつけずに食べるのも好きだし、ミルクに付けて食べるのも好きよ」

「そうか」

エルンストはもう一つ苺を抓むと、アンジェリカの口に運ぶ。

「んんっ！　どうして私に食べさせちゃうの？　金色の猫さんに持ってきた苺なのにっ」

もぐもぐ咀嚼をしながら怒るアンジェリカを見て、エルンストはクスッと笑った。

「二人で食べる方が美味しいだろう？」

アンジェリカはそれを聞いて、うんうん頷いた。

「本当だわ！　さっき屋敷で食べた苺よりも、ずっと美味しいっ！」

「だろう？」

「ふふ、それって素敵ね」

「ああ、そうだな」

アンジェリカの持ってきた苺を二人で食べ、いつものように談笑する。

「金色の猫さんは、どの果物が好き？」

「そうだな……バナナかな」

「ばなな？」

「ああ、南国の果物で、円筒型《えんとうがた》をしていて、黄色い」

「えんとうがた？」

「これが円筒型だ」

宙に描いて見せると、理解したアンジェリカは「へぇ！」と興味深そうに声を上げる。

「そんな果物があるの？　すごいっ」

「皮を剥いて食べるんだ。甘くて、ねっとりしていて、すごく甘い」

「美味しそう……！　食べてみたいわ」

食べさせてやりたいな……。

ずっとこうしていたいが、そうも言っていられない。戦争では仲間たちがまだ戦っている。

父のせいで戦場に放り込まれた、仲間たちが――。

明日の早朝、出発しよう。アンジェリカの顔を見たら、別れが惜しくなるから、会わずに……。

そう決めた日、アンジェリカは背中に何かを隠し、モジモジしながら頬を染めてやってきた。

「アンジェ、どうした？」

「あのね……これっ！」

アンジェリカが出したのは、白い貝殻だった。

「貝殻？」

「そうよ！　金色の猫さんにあげるっ！」

「俺にくれるのか？」

「あのね、裏を見て？」

貝殻をひっくり返すと、赤いインクでハート型が描いてある。

「これはアンジェが描いたのか？」

「ええ！　キャリーが教えてくれたの。まずは海でとっておきの貝殻を見つけて」

キャリーというのは、アンジェリカの侍女の名前だ。会話の流れで何度か名前を聞いたから覚えている。

「お水で綺麗に洗ってから、朝露を二滴垂らすの。それからよぉく乾かして、誰にも見られないように赤いインクでハートを描くの。それを幸せになってほしい大好きな友達にあげると、その子はとっても幸せになれるんですって」

「これを俺に……？」

「そうよ。私、金色の猫さんが大好きだもの。幸せになってもらいたいの」

アンジェリカはとびきりの笑顔を見せてくれた。

ずっと傷付いていた心が温かい何かで満たされ、エルンストは赤い目から涙をこぼしていた。

「金色の猫さん？　どうしたの？　どうして泣くの？」

アンジェリカに言われたことで、自分が初めて泣いていることに気が付いた。

涙は……悲しいのではなく、嬉しくても出るものだったのか。

「大丈夫だ……ありがとう。アンジェ……大切にする……ずっと、ずっと……」

拭っても、次々と涙が溢れる。

「金色の猫さん、泣かないで……どうしよう。幸せにしたくてあげたのに、金色の猫さんが悲しくなっちゃった……」

エルンストの涙を見て、アンジェリカも泣き出してしまう。彼女は涙を流しながら、彼をギユッと抱きしめた。

小さな身体は、とても温かい。

「違うんだ。これは悲しくて泣いているんじゃなくて、嬉しくて泣いているんだ」

「嬉しくても、涙が出るの？」

アンジェリカは涙を浮かべ、キョトンとしてエルンストの顔を見る。彼は涙を拭い、こくりと頷いた。

「ああ、そうみたいだ。俺も初めて知ったよ。アンジェ、ありがとう。このことは、一生忘れない」

お礼を言うと、アンジェリカはまたとびきりの笑みをエルンストに見せた。

「幸せなことがあったら、教えてね」

「ああ、きっと伝えるよ」

こうしてエルンストは戦地へ向かい、勝利して帰国した。

それから何度も戦争が行われたが、エルンストはいつも胸に貝殻を忍ばせ、その貝殻を見てはアンジェリカを思い出し、辛さを紛らわせた。

あの子は今頃、どうしているだろう。笑っているだろうか。そうだといいな……。

成長した彼女を想像すると、胸が温かくなる。

皇帝である父はいくつもの国を手に入れても、満足しなかった。兵や国民は疲弊し、限界を迎えようとしていた。もちろん、エルンストも——。

「次は……そうだな。ネモフィラあたりでも侵略しておくか」

父の言葉に、血管が切れそうになった。もう我慢の限界だった。

あの笑顔を奪うことは、許さない。

エルンストはこの言葉をきっかけに、反逆を起こした。

実母は病死だと公表されたが、調査の結果、元側室で後に皇妃の座に就いた継母が毒殺したということが判明し、エルンストは継母の墓を罪人が埋められる共同墓地に移した。

こんなことをしても、毒殺された母の苦しみはなくならないし、母は帰ってこない。

◆◇◆

反逆を起こしてからの三年、エルンストは寝る間を惜しんで国のために奮闘した。

その間、エルンストはネモフィラ国の建国記念パーティーに出席していた。

貴族令嬢であるアンジェリカも出席しているのではないかと期待して参加したが、彼女の姿はどこにもない。

建国記念パーティーなのだから、ネモフィラ国の貴族なら全員参加しているだろう。それなのに一度も出席していないというのはおかしい。

どうして参加していないいんだ？　病気なのだろうか。それとも……。

嫌な想像が頭をよぎり、胸を締め付けられる。

アンジェ、元気で笑って過ごしていてほしい。

そうして次の年の建国記念パーティーに参加したエルンストは、とうとうアンジェリカを見つけた。

「あんな美しい人は見たことがない。まるで月の女神のようだ」

「去年はいなかったよな？　どこの令嬢だ？」

ホールの男たちがざわめき、注目の中心にいたのは紛れもなくアンジェリカだった。

艶やかな銀色の髪、海のような青い瞳、愛らしかった少女は、美しい女性に成長していた。

アンジェ、無事だったんだな……。

しかし、大好きなアンジェリカの笑顔は、失われていた。

アンジェリカの父親はネモフィラ国王で、彼女は海辺近くの屋敷から、第八王女として王城に連れてこられた。

王妃に疎まれ、虐待されて育った彼女は人に怯え、悲しみの中で生活していたそうだ。

まさか、こんなことになっていたなんて……。

何も知らずに生きてきた自分に腹が立った。それどころか父を殺して、侵略を止めたことでアンジェリカを救った気にまでなっていた。

俺はなんて愚かなんだ……。

アンジェリカは王妃から祖父母を人質に取られ、エルンストを殺すよう命じられたが、自分の命を絶つことを選んだ。

エルンストはアンジェリカが自分の命を絶とうとした夜、彼女に会えないかと城中を歩いていてよかった。そうでなければ、彼女は死んでいた。

彼女と話しているうちに、自分の中で芽生え、ずっと育ち続けていた正体に気が付いた。

ああ、俺は、アンジェを愛していたんだ。

エルンストはアンジェリカに求婚し、自国へ連れ帰った。

自分が金色の猫だと正体を明かしたかったが、アンジェリカは昔のことを思い出すと、頭が痛くなるので名乗れなかった。

あの時に助けてもらえたお礼と急に居なくなったことのお詫《わ》びをしたかったが、アンジェリカを苦しめたくない。

ブーゲンビリア皇帝の妻という肩書きがある以上、穏やかに……とはいかないかもしれないが、アンジェリカが苦しんだ分、幸せにしたい。笑って過ごしていてほしい。

フォルカーが余計なことを言って、アンジェリカは子作りに熱心だ。

エルンストが結婚しなかったのは、自分の血を継ぐ子が皇位を継ぐことにこだわっていないからだ。国を良くしてくれる者なら、皇位を継ぐのは誰でもいいと思っている。

だから、アンジェリカとの子供ができたら嬉しいが、できなくてもいい。

だが、彼女が一生懸命頑張る姿は可愛らしくて、もっと見たいので、そのことは言わずにいた。

夜、寝る支度を調えてアンジェリカの部屋を訪ねると、彼女が嬉しそうに迎えてくれた。

「エルンスト様、今伺おうと思っていました」

「そうだったか。一緒に寝よう」

「はい、ぜひ。どうぞ」

アンジェリカに案内され、ベッドに座る。彼女も腰を下ろすと、落ち着かない様子でエルンストをチラチラ見ていた。

「どうした？」

アンジェリカが何を言いたいかわかっていて、わざとそう尋ねる。

「い、いえ、なんでもございません」

アンジェリカの顔は真っ赤だ。

恐らく、イルザに何らかの夜の指南を受け、試したいが恥ずかしくて言えないのだろう。愛らしい。

「そうか。じゃあ、寝るか」

「は、はい」

顔を近付けたら、アンジェリカは頬を染めてそっと目を瞑る。ずっとこの可愛い顔を眺めていたいが、唇も味わいたい。

「ん……」

ちゅっと唇を重ねると、アンジェリカは小さく声を漏らす。角度を変えながらその柔らかな唇を味わい、舌を入れた。

「んんっ……ふ……ん……」

小さな舌と咥内を味わっている間、うっすらと目を開けてアンジェリカの顔を盗み見る。長い睫毛《まつげ》を震わせ、甘い声を漏らす彼女はとても色っぽくて、下半身が昂《たかぶ》っていくのを感じった。

唇を味わい終え、細い首筋を吸いながらガウンの紐を解く。

フリルやリボンがたっぷりと縫い付けてあり、可愛らしいデザインだが、胸元が大胆に開いていて色っぽさも備えてある。

「今日も可愛いのを着ているな。良く似合っている」

「あ、ありがとうございます。こちらもイルザが選んでくれました」

「そうか。さすがイルザだ」

「はい！　本当に」

戦地では荒《すさ》んだ目をしていたイルザ、城に仕えるようになってからも時折陰りを見せていたが、アンジェリカに仕えるようになってからは明るい。

きっと本来の彼女は、このような性格なのだろう。戦争さえなければ、あんな目をしなくても済んだはずだ。

これからの人生は、フォルカーと一緒になって、戦地での記憶が思い出す余裕などなくなるぐらい幸せになってほしい。

胸元を飾っているリボンを解くと、豊かなミルク色の胸がプルリと零れた。

どういう構造になっているかはわからないが、リボンを解くだけですべてが脱げるようになっている。イルザが選ぶナイトドレスは、このように脱がせやすい構造のものが多い。

素肌を露わにし、恥じらうアンジェリカは可愛らしく、艶やかだ。

ドロワーズを脱がせ、ミルク色の胸に手を伸ばす。

アンジェリカの胸は、手に吸い付いてくるような感触で、いつまでもこうして揉んでいたくなる。

淡く色付いた尖りを指の腹で撫で転がすと、アンジェリカは甘い声を上げた。

「あんっ……エルンスト……様……んっ……んんっ……」

指を押し返すこの感触も、エルンストの名を呼ぶ甘い声も、とろけそうな目も、彼の理性を粉々に破壊していく。

胸の先端を唇と舌で味わいながら、太腿に手を伸ばす。花びらの間をなぞると、たっぷり濡れていた。

アンジェリカが濡れるたびに、気持ちが舞い上がるのを感じる。

胸の先端から口を離し、彼女の足を左右に開くとピンク色の秘部が蜜に濡れ、ランプの光を反射してテラテラと光っていた。

もう、下半身は痛いぐらいに昂り、先走りをにじませている。

エルンストは花びらを広げ、敏感な蕾を夢中になって舐めた。巧みな舌使いにアンジェリカは甘い嬌声を上げ、やがて一際大きな声を上げて果てる。

ああ、もう限界だ。

ガチガチに硬くなった欲望を下履きから取り出し、小さな膣口に宛がうと、アンジェリカがハッとした様子でエルンストの胸板に触れた。

「あ……っ……エルンスト……様、お待ち……ください」

「どうした?」

アンジェリカは身体を起こそうとするが、力が入らない様子だった。

「きょ、今日、イルザに教えてもらったことを試したいのですが、よろしい……ですか？」

「ああ、もちろんだ」

そう答えると、アンジェリカは嬉しそうに口元を綻ばせた。

「ありがとうございます……っ！」

ああ、可愛い……。

「どうするんだ？」

「お待ちください……ね」

アンジェリカはなかなか起き上がれず、焦っていた。

その様子が愛らしくて、エルンストは「ゆっくりでいい」と声をかけたが、彼女は必死の様子だ。

「エルンスト様、仰向《あおむ》けになっていただけますか？」

「わかった」

アンジェリカに言われた通り仰向けになると、彼女がエルンストの上に跨《またが》った。

「もしかして、アンジェが上になってくれるのか？」

「は、はい……っ！　あの、男性は女性が上になるとお喜びになると聞いたのですが、エルンスト様は……いかがでしょうか？」

恐る恐る聞いてくるアンジェリカがいじらしくて、愛らしくて、エルンストは今すぐ押し倒したい衝動を抑え、頷いた。

「ああ、アンジェに上になってもらえるなんてすごく嬉しい」

「本当ですか？　よかったです」

イルザと性について勉強しているアンジェリカも見てみたいと密かに思いながら、喜ぶ彼女を見つめる。

「上手くできなかったら、ごめんなさい……頑張ります……」

アンジェリカはエルンストの欲望を掴むと、膣口に宛がった。

「……っ……ん……」

彼女はゆっくりと腰を落としていき、エルンストの欲望を呑み込んでいく。

アンジェリカの中はとても温かく、ヌルヌルしていて、ギュウギュウと欲望を締め付ける。

なんて気持ちよさだ……。

「んん……っ……はぁ……ゆ……ゆっくり……入れますから……」

「ああ、ありがとう」

エルンストがいつもそうしているように、アンジェリカはゆっくりとエルンストを呑み込んでいく。

それはアンジェリカに負担をかけないように……という配慮で、エルンスト側は一気に挿入しても問題ない。

むしろ一気に入れてほしい気持ちもあれば、ゆっくり入れられるのも焦らされているような感じがして、とてもいい。

快感に打ち震えながら、必死に腰を落とさないようにする彼女の姿は、ものすごく興奮を煽ってくる。

アンジェリカはゆっくり入れるのが常識だと思っているようなので、エルンストは口を出さずに、色っぽい彼女の姿を楽しんだ。

「ぁ……っ……んん……っ……ち、力が……ん……っ」

ゆっくりと腰を落としていたアンジェリカだったが、あまりの快感に身体の力が入らない。

体重を支えていた膝から力が抜けて、一気に腰を落としてしまう。

「ひゃぅ……っ……！　あ……っ……んん……っ！」

不意打ちの快感を与えられたエルンストは果てそうになったが、なんとか堪えた。

「ごめ……んなさい……痛くなかった……ですか？」

「大丈夫だ……アンジェは、痛くなかったか？」

「はい……痛くないです……でも、気持ちよくて……んっ……はぁ……」

瞳を熱く潤ませたアンジェリカの中は、激しく収縮を繰り返し、エルンストの欲望を刺激していた。

アンジェリカはギュッと目を瞑り、快感に耐えている様子だ。その表情はとても美しく、あでやかで、エルンストの情欲をさらに強める。

「う、動き……ます……ね……」

「無理しなくて大丈夫だぞ？」

「い、え……平気……です……お、お任せ……ください……」

まったく平気そうではないが、頑張ろうとするアンジェリカが可愛いので、彼女の希望通りにしてもらうことにする。

「ん……っ……はぁ……んっ……んっ……」

アンジェリカは、腰を動かし始めた。感じて途中で止まってしまいながらも、必死で揺さぶる。

豊かな胸が上下に揺れ、息を乱しながら腰を振るアンジェリカは、とても艶やかで美しい。

アンジェリカの中に入っている時、エルンストはいつも何もかもを捨てて、こうしてずっと彼女と身体を重ねていたい。そのためなら、どんな犠牲を払ってもいいと思っていた。

エルンストを正気に返すのは、アンジェリカの声だ。

「エルンスト……様……気持ち……ぃ……ですか……？」

「ああ……すごく……アンジェ……すごく気持ちがいい……」

そう答えると、アンジェリカは嬉しそうに口元を綻ばせる。

「本当ですか……？　嬉し……んっ……はぁ……はぁ……私……頑張ります……ね……っ……んっ……はぁ……はぁ……んっ……」

ああ、俺はなんて幸せ者なんだろう。

エルンストはこの上ない幸せを感じながら、アンジェリカに与えられる快感をたっぷりと楽しんだのだった。

第五章　婚約披露パーティー

アンジェリカがブーゲンビリア国に来てから、三か月——ついに婚約披露パーティーを行うことになった。

皇城には自国の貴族、そして諸外国の王族たちが訪れていた。

エルンストが反逆を起こしてから三年、皇城でパーティーが行われるのは初めてのことだった。

「皆様、本日は私たちの婚約を記念したパーティーにお集まりいただき、ありがとうございます。私は、ネモフィラ国第八王女アンジェリカ姫と婚約したことをご報告いたします」

エルンストの挨拶に、皆が盛大な拍手を送った。拍手を聞き、隣に立っていたアンジェリカは幸せな笑みを浮かべる。

招待客の予定の都合上、最低でも半年前には招待状を送るのが通例だが、早く婚約をし、結婚式を挙げたいエルンストの希望があり、直近となった。

急な日程なので来られなくても仕方がない。その場合は気にしないでほしいと添えたが、招待状を送った者すべてが出席を希望した。

皇帝が代わったとはいえ、侵略を繰り返してきた国ということもあり、恐れているのが大きいのだろう。

ネモフィラ国にも形式上、招待状は送っていた。

エルンストはアンジェリカの気持ちを考えて呼ばなくてもいいと言ってくれたが、フォルカーがさすがにそれは体裁が悪い。諸外国に勘繰られるのは後々面倒なことになると教えてくれたので、アンジェリカは呼んでほしいとお願いした。

王妃は怖い。でも、エルンストが居てくれれば大丈夫だ。

父と王妃を招待したが、実際に訪れたのは王妃とドロシーだった。

父は体調を崩し、長距離の移動が叶わず、ドロシーを代理にしたそうだ。

本来なら王位継承権第一位の兄を代理にするのが常識だが、きっといつもの我儘で押し切ったのだろう。

王妃とドロシーは、アンジェリカを見てニヤニヤと笑っている。

なんだか、胸騒ぎがする……。

「では……」

エルンストが乾杯の合図をしようとグラスを持ち上げ、周りもグラスを構えたその時、誰かが「よろしいでしょうか」と声を上げた者がいた。

その者は、長年アンジェリカを虐げていたネモフィラ国王妃だった。

王妃様……？

「わたくしはネモフィラ国王妃、ジュリア・エヴァンスと申します。発言をお許しいただけますか？」

「ジュリア様、いかがなさいましたか？」

エルンストが尋ねると、王妃はニヤリと赤い唇を吊り上げた。

「アンジェリカ姫は、あなたのような素晴らしいお方に相応しい娘ではございません。どうか、アンジェリカ姫との婚約は白紙に戻してください」

周りがざわめく。

「アンジェリカ姫は母親の身分が低く、そのせいか素行が悪いのです。好色家で、これまで複数の男性と関係を持っていました。わたくしや娘はそのたびに姫としての自覚を持つようにと窘めましたが、彼女は逆上して暴力を振るい、暴言を吐いてきて……」

王妃の目から、ハラハラと涙がこぼれた。ドロシーはそんな彼女を支え、潤んだ瞳でエルンストを見つめた。

「そうです。お姉様は、エルンスト様に相応しくありません。私、お姉様と呼ぶことも恥ずかしい……」

「な……っ」

アンジェリカが思わず声を上げると、王妃が睨みつけてきた。首を絞められたように、呼吸がグッと苦しくなる。

いつもこの目に睨みつけられると、言いたいことを口にできなくなった。王妃の機嫌を損ねることを言えば、折檻されるからだ。

身体が、心が、長年の虐待で防衛反応のように動き、声が出なくなる。

「アンジェリカ姫を嫁がせるなど、ネモフィラ国の恥となります……！　エルンスト様、どうかアンジェリカ姫との婚約は白紙に戻してください……！　その代わりといっては何ですが、私の娘のドロシーはいかがでしょうか？　ドロシーはどこに出しても恥ずかしくない自慢の娘です。どうか……」

王妃の言葉を聞き、周りがざわつく。

「アンジェリカ姫が……？」

「どうなってしまうんだ？」

震えそうになるが、エルンストに肩を抱かれてハッと我に返る。

『アンジェが自分を卑下するということ、そして誰かがアンジェを貶すということは、アンジェを選んだ俺を貶しているのと同じことになる』

そうよ。私を貶すのは、エルンスト様を貶すことと同じ――。

「何を勘違いされているのでしょう。アンジェリカは、そのような女性ではありません。素晴らしい女性です」

「エルンスト様は、アンジェリカ姫に騙されているのですわ……！」

「ジュリア様、いくらあなたがネモフィラ国王妃といえども、これ以上私の婚約者を侮辱するのならば、許しませんよ」

「エルンスト様！　アンジェリカの言うことなど、信じないでください！」

ドロシーが前に出て訴える。エルンストが睨みつけると青ざめるが、それでもアンジェリカを貶し続ける。

アンジェリカは、ギュッと自分の手を握り、心を奮い立たせた。

王妃様とドロシーは、エルンスト様を侮辱しているのだわ。

そんなことはあってはいけない。とても許せない。

アンジェリカはスッと前に出て、王妃とドロシーに冷ややかな視線を向けた。その表情を見た全員が、ゴクリと息を呑む。

「ジュリア様、ドロシー姫、どういうおつもりですか？」

「……っ……な……」

アンジェリカに初めて反抗的な態度を取られた二人は、アンジェリカの今までとあまりにも違う態度に驚き、言葉が出ない。

「あなた方は私の母が気に食わず、娘の私のことをずっと蔑んできましたね。毎日、毎日、暴力を振るい、暴言を吐いたのは、そちらの方でしょう。目障りだからと部屋から出ることも許されていないのですから、複数の男性と関係を持つなどありえません。私が社交界に出たのは、先日のお父様の誕生パーティーが初めてです」

アンジェリカの告発に、周りがざわめいた。

「……っ……う、嘘……嘘です……！　皆様、アンジェリカ姫は、嘘を吐いてます……っ！　彼女はいつもこうしてわたくしたちを苦しめるのです……！」

「嘘？　ならば、私を社交界で見た者はいますか？　あの日私がパーティーに出たのは、父である国王の命令です。私が一度も社交界に出たことがないので、今度は必ず出席するようにと。お疑いのようでしたら、確認して頂きましょうか」

アンジェリカは声音を乱さず、淡々と冷ややかな声で糾弾した。王妃とドロシーはワナワナと震え、何も返すことができない。

「フォルカー、すぐにネモフィラ国王に確認の手紙を出せ」

「かしこまりました」

エルンストがフォルカーに指示を出すのを見て、王妃が声を荒げた。

「お待ちください……っ！　アンジェリカ……ネモフィラ国に恥をかかせるつもり⁉　そんな嘘をペラペラと……っ！」

「それはこちらの台詞《せりふ》です。私の名誉を傷付け、ネモフィラ国の名に泥を塗るおつもりですか？　王妃としての言動とは思えませんが」

「な……っ……」

「それから、敬称を付けて呼んでいただけますか？　砕けた話し方もご遠慮ください。ネモフィラ国に居た時とは違うのです。私はブーゲンビリア皇帝エルンスト様の婚約者ですから」

ネモフィラ国は、ブーゲンビリア国からの援助を受けて成り立っている。その皇帝の婚約者で、いずれは皇妃になるのだから、今はアンジェリカの方が立場は上だ。

「アンジェリカの癖に、生意気よ……っ！」

「ドロシー！」

感情的になったドロシーが反抗するが、自分の置かれた立場に気が付いた王妃がそれを止める。

「……し、失礼致しました。アンジェリカ姫」

「このことは、しっかり調べていただき、はっきりさせましょう。私の名誉にも、私を選んでくださったエルンスト様の名誉にも関わりますので」

「……っ……それは……」

「いいですね？」

強めの口調で言うと、王妃は唇を噛《か》み、扇を握りしめる。

「……っ……はい……」

王妃とドロシーと対峙《たいじ》したアンジェリカは、表面上は涼しい顔を崩さなかったが、内心は心臓がバクバクと脈打っていた。

王妃様に意見を言うことができた。この私が……。

その後は気を取り直して乾杯し、飲食やダンスを楽しんだが、招待客は先ほどのアンジェリカと王妃とドロシーのやり取りの話題で持ちきりだった。

ネモフィラ国に招待されたパーティーには欠かさず参加しているが、アンジェリカを見たことが一度もないと言った者が数名現れたので彼女に同情が集まり、王妃とドロシーに非難が集中した。

王妃とドロシーにダンスを申し込む者は一人もおらず、居たたまれなくなった二人は早々にホールを後にしたのだった。

◆◇◆

パーティーを終えたアンジェリカとエルンストは、入浴をする前に、彼女の部屋で一休みを取っていた。

「アンジェ、先ほどは立派だった」

「あ……っ……ありがとうございます。エルンスト様に、私を貶すのは、エルンスト様を貶すことと同じだと教えて頂いたから勇気が出て……あの、お騒がせしてしまって、申し訳ございません……」

「アンジェは少しも悪くない。ネモフィラ国王には今回のことを厳重に抗議し、アンジェの不名誉を晴らす証拠を手に入れて公表しよう」

「はい、お手間をかけしてしまって、申し訳ございません」

「気にするな。アンジェのことに関しては、手間など感じない」

「ありがとうございます……」

イルザが淹れてくれたお茶を飲むと、ホッとする。

「美味しい」

傍らで待機しているイルザの方を見て言うと、にっこり笑ってくれた。

彼女も伯爵令嬢として今日のパーティーに出席したので、上質なドレスを着ている。とても綺麗だ。

アンジェリカは、エルンストの部屋に飾られていた白い貝殻を見たのがキッカケで、断片的ではあったが、ウィルソン男爵家で過ごした幸せな日々を思い出すことができた。

金色の猫は、エルンストに間違いない。

髪や目の色は同じなのはもちろんのこと、絶世の美貌、優しい口調、温かな視線——あの時は少年の面影を残していたが、青年になってもそれらは変わらない。むしろ美貌はますます磨きあがっているが、あれは間違いなくエルンストだ。

エルンストはアンジェリカのことを覚えていてくれているだろうか。

忘れられていたら……と思うと、胸が苦しくなって、怖くて聞けないまま、今日まで来てしまった。

私って、臆病者だわ……。

俯くと、臆病者の自分の顔がカップの中の紅茶に映る。

「どうした？」

「え？」

エルンストに頬を触れられ、アンジェリカは前を向く。

「最近、ふとした時に思い悩んだ顔をするな。何か悩み事か？」

「あ……っ……い、いえ、悩み事では……」

今、聞いてみようかしら……。

「あの……」

アンジェリカが口を開いたその時、部屋の扉をノックされた。

こんな時間に誰だろう。エルンストに用があるフォルカーだろうか。

するとエルンストは足音を立てないように扉の方へ向かい、開くと扉で隠れる場所に身を置く。

「やはり動いたか」

「エルンスト様？」

名前を呼ぶと、エルンストは人差し指を口元に当てる。もう一方の手は、腰にある剣に触れている。

開けない方がいいのかしら。

再びノックされ、アンジェリカは返事に迷う。

「アンジェリカ様、大丈夫ですよ」

迷っていると、イルザが声をかけてくれた。物音がしていただろうし、隙間から光が漏れているのだから、居留守は使えない。

「イルザ、開けてくれる?」

「かしこまりました」

イルザが扉を開くと、王妃の専属侍女が立っていた。

サンドラ……!

いつも王妃の後ろに居て、アンジェリカを苛めている様子をほくそ笑みながら見ていた女性だ。

当時のことを思い出し、心がざわつく。

弱みを見せては駄目。下に見られるわ。私が下に見られるということは、エルンスト様を侮辱しているということ。

「サンドラ、こんな時間に何の用?」

アンジェリカが睨みつけると、サンドラがビクッと身体を引き攣らせた。

「あの、他にどなたかいらっしゃいますか……？」

エルンストはアンジェリカに向かって、コクリと頷くことで合図する。

いらっしゃることは、言ってはいけないのね。

「ここには私と侍女しかいないわ。それが何？」

「い、いえ、あの、ジュリア様よりこちらの手紙を預かってまいりました。すぐに確認してほしいとのことです」

王妃様が、私に手紙……？

サンドラはビクビクしながらイルザに手紙を渡し、彼女が両面を確認してからアンジェリカに手渡す。

裏には確かに王妃の印章が押されている。

「で、では、私はこれで、失礼致します」

扉が閉まると、剣を構えて身を潜めていたエルンストが出てきた。

「あの女狐、やはり誘いに乗ったか」

「誘い……ですか？」

「ああ、ブーゲンビリア国にいる間に片を付けたかったから、動き出すきっかけを作らせてもらった。フォルカーに頼んで、俺はパーティーの後に体調が優れないので、今晩は部屋で休むことにした。アンジェは部屋で一人過ごしている……という情報を自然な形で王妃の耳に入れたんだ。プライドの高そうな女だ。アンジェにやり返されたまま、引き下がるとは思えなかったが、案の定動いたか」

あ……だからエルンスト様は隠れたのね。そしてサンドラはその情報が本当かどうかを疑っていたから、エルンスト様の姿がないか気にしていたのだわ。

「今夜中にあの女狐と娘を失脚させる武器が欲しい。アンジェ、なんて書いてあるか確かめてくれるか？」

「は、はい……」

手紙から禍々《まがまが》しい何かが出ているような気がして、なんだかズシリと重く感じる。

ペーパーナイフで封を切り、中身を確かめた。

『アンジェリカへ
今まであなたには辛い思いをさせてしまい、申し訳なく思っています。ドロシーとわたくしは、明日の早朝に出立します。国に帰る前に直接謝罪をする機会をいただけませんか？　仲直りがしたいです。エルンスト様のご不興を買いたくないので、どうかこのことは内密にお願いします。それでは、このあと庭園の噴水前でお待ちしています。三人だけで会いましょう。

ジュリア・エヴァンス』

「こんなことが書いてあります……」

アンジェリカはエルンストとイルザにも手紙を見せた。

「ここまでわかりやすいとはな」

「ええ、鼻で笑ってしまいますわ」

「あの王妃様とドロシーが謝罪をしたいだなんてありえません。行けば危害を加えられると思います」

「ああ、それが目的だ。現行犯で捕まえられそうだな。俺がアンジェの変装をして待ち構えて捕まえるか」

「エルンスト様が、私の変装を……ですか⁉」

「エルンスト様、いくら暗くてもさすがに身長差がありすぎますので、難しいかと……」

「……確かに、かなりの身長差だな。あの女狐の手の者を直接捕まえて、鉄槌《てっつい》を食らわせたかったんだが」

「でしたら、私にお任せくださいませんか？」

イルザが自信に満ちた表情で前に出た。

「イルザ？　お任せ……って何をするつもりなの？」

「私がアンジェリカ様のふりをします。身長差もございませんし、頭から羽織を被ればアンジェリカ様だと誤魔化せるでしょう。恐らく襲い掛かってくるでしょうから、返り討ちにしてやります。そこをエルンスト様に捕まえていただけましたら！」

「そんな！　危ないわ！」

「アンジェリカ様、お任せください。私、その辺の兵よりも強いですから、どうかご心配なさらずに。エルンスト様、ご許可いただけますか？」

「ああ、任せた」

「エルンスト様……⁉」

「アンジェ、イルザは本当に強いから大丈夫だ。……襲い掛かってきた者を洗えば、あの女狐に繋がる証拠が出るはずだ。証拠を手に入れることができれば、あの女を失墜させてやれる。これは絶好の機会だ」

「え、ええ……っ」

「むしろ証拠が出なかったとしても、作ってやろうじゃないか。アンジェを苛め抜いたあの女狐と娘には王妃と姫という椅子は相応しくない。即刻おりてもらおう」

アンジェリカの心配をよそに、話がまとまってしまった。

「では、行くか。アンジェはここで待っていてくれ。フォルカーを護衛に置いておくから……」

「いえ！　私も連れて行ってください！　当事者なのに、イルザを危険な目に遭わせて、一人だけ黙って待っているなんてできません……！　どうか、お願いします……っ！」

必死に頼むアンジェリカの熱意に負け、エルンストは首を縦に動かした。

「……そうだな。傍に居てくれる方が安心かもしれない。わかった。一緒に行こう」

「はい……！　ありがとうございます！」

◆◇◆

イルザは先ほどまでアンジェリカが着ていたドレスを身に着け、髪の毛と顔を隠すためにショールを頭からすっぽり被って庭園の噴水前に立っていた。

アンジェリカはエルンストとフォルカーと共に、近くの低木に身を隠している。

イルザがいくら強いとはいえ、心配で胸が苦しい。

「アンジェ、大丈夫か？」

「は、はい……」

心臓の音が、とても大きく感じる。

イルザ、本当に大丈夫かしら……。

しばらく待っていると、足音が近付いてきた。現れたのは屈強な男を連れた王妃とドロシーだった。

「……え、間抜けですね。誰かを使ってアンジェリカ様を襲うのだろうと思っていましたが、まさかご本人が登場とは」

フォルカーが小声で話す。

「よほど頭に血がのぼっているのだろうな。いや、よほどの馬鹿という可能性もあるが」

エルンストが呆《あき》れた様子で答えた。

「まさか、本当にわたくしたちが謝罪するなんて思っていないわよね？　さっきはよくも恥をかかせてくれたわね。卑しい娘の癖に。謝罪するのはお前の方よ」

「そうよ。あんたがブーゲンビリア国の皇妃？　笑っちゃう！　あんたは汚いドレスを着て、床に這《は》いつくばっているのがお似合いだわ！」

アンジェリカに変装したイルザは、声を発することなくジッとしている。

「何を黙っているの？　……ふっ……まさか、ショックを受けているの？　馬鹿な子ね。お前は今から酷い目に遭うのよ。エルンスト様は趣味が悪いから、お前のその顔をたいそうお気に召しているようだけど、グチャグチャにしたらどうなるかしらね」

「エルンスト様に捨てられたって、ネモフィラ国にあんたの帰る場所なんてないわよ！　顔の原形をとどめていないあんたなんて、お父様も相手にしないわ。もっと早くにこうしていればよかった！」

二人の後ろに待機していた屈強な男が前に出た。

「ドロシー姫のお心を乱す者は、許さない……ドロシー姫、これが終わったら……」

「ええ、私の手に、五秒だけ触れさせてあげるわ」

ドロシーににっこり微笑まれると、屈強な男は目を細めた。

「ああ……俺の女王様……」

この男はドロシーに心酔しているらしい。

ネモフィラ国城の男性使用人の中にも、ドロシーに夢中で、彼女に気に入られたいがためにアンジェリカに嫌がらせをするものがたくさんいたことを思い出す。

「さあ、グズグズしていないでやりなさい」

「かしこまりました……っ」

男は息を荒げながら、アンジェリカに変装したイルザに近付く。

「イルザ……」

「アンジェ、大丈夫だ」

思わず飛び出しそうになるアンジェリカをエルンストが止めた。

男が間近に近付いてきても、イルザは微動だにしない。

「ふふっ！　見て、お母様、アンジェリカったら、恐ろしさのあまり動けないみたいね」

「ドロシー、目を瞑っていなさい。繊細なあなたが暴力を目にしたら、倒れてしまうかもしれないわ」

「大丈夫よ。お母様ったら、心配性なんだから。むしろこんな場面を見逃したら、私、一生後悔しちゃうわ」

二人はアンジェリカが痛めつけられるのを、とても楽しそうに待っている。

同じ人間とは思えず、恐ろしい魔物のように感じて寒気を感じた。

「アンジェリカ姫、悪く思うなよ」

「貴様が気安くアンジェリカ様のお名前を口にするな」

イルザは男が伸ばした手を掴むと、背負って地面に叩きつけた。

「が……っ⁉」

自分の何倍の大きさもある男を背負い投げたのを見て、アンジェリカは目を見開く。

す、すごい……！

頭からかぶっていたショールが落ち、月明かりの下、イルザの顔が露わになった。

「え……っ!?　な……っ……アンジェリカじゃない……！」

「な……っ……あ、あんた、誰よ！」

「アンジェリカ様のお顔を傷付けようなど、万死に値する」

イルザは男の首を腕で抱え、ギリギリと締め上げていく。

「ぐ……が……っ……や……め……っ……」

男は手足をジタバタ動かして抵抗したが、イルザの力には敵わない。男は白目を剥き、酸欠で気を失った。

「ひ……っ……！　人殺し……！」

「ドロシー、逃げるわよ……！」

王妃とドロシーが逃げ出そうとしたその時、フォルカーが飛び出し、二人の進路を阻んだ。

「そこまでです」

「な……っ……だ、誰!?」

王妃とドロシーは互いに抱き合い、フォルカーを怯えた表情で見上げる。

「私はエルンスト様の側近、フォルカーです。この状況、おわかりですよね？」

その言葉に、二人は震えあがる。

「アンジェ、行こう」

「はい」

エルンストはアンジェリカの手を取り、王妃とドロシーの前に立った。

「……っ……エ、エルンスト様……」

「ネモフィラ国王妃ジュリア様、ドロシー姫、我が婚約者を傷付けようとした罪は重い。フォルカー、イルザ、お二人とそこに転がっている男を拘束し、地下牢へお連れしろ」

「かしこまりました」

「ち、地下牢……!? い、嫌……っ！ お母様、助けて……っ」

「う……ドロシー姫……」

男はハッと意識を取り戻すと飛び起き、アンジェリカに向かって走り出した。それを見て王妃とドロシーは、密かに唇を吊り上げる。

「アンジェリカ姫、覚悟……っ！」

え……っ!?

アンジェリカが固まっていると、エルンストが前に出て男の顔面を殴りつけた。

「ぐ……がっ……！」

男はエルンストに殴りつけられた勢いで吹き飛び、後ろにあった木に頭をぶつけて再び気を失った。折れた歯が点々と落ちている。

す、すごい……あんなに大きな人が、風で葉が舞い上がるように飛んだわ。

「剣で叩き切ってやりたいところだが、重要参考人だ。これぐらいにしてやろう。……さて、二人を地下牢へお連れしろ」

「エルンスト様、違うんです……！　これは……わたくしたちの護衛の男が、暴走してやったことで……そう！　この男はアンジェリカに弄ばれた男なんです……！」

エルンストがギロリと睨みつけると、王妃は途中で何も言えなくなる。

「その発言、地下牢で詫びるといい。フォルカー、連れて行け」

「わたくしは……わたくしはネモフィラ国王妃ですよ！　離しなさい！　無礼者……！」

「嫌……っ……地下牢なんて、絶対に嫌……っ……いやぁぁぁぁっ！」

王妃とドロシーと男はフォルカーとイルザによって、地下牢へ連れて行かれた。アンジェリカが呆然とその様子を見ていると、エルンストが彼女の肩を抱いた。

「……っ」

「アンジェリカ、もう大丈夫だ。ここは冷える。部屋に戻ろう」

「はい……」

王妃とドロシーが、まさか地下牢に連れて行かれる日が訪れるなんて……。

信じられない出来事を目の当たりにしたアンジェリカは、呆然としながらエルンストと共に部屋へ戻ったのだった。

◆◇◆

部屋に戻って間もなく、イルザが帰ってきてバスルームの支度をしてくれた。お湯には温まる効能のあるローズマリーが入っていて、いい香りがする。

エルンストの希望で一緒に入ることになったが、とても恥ずかしい。

エルンストとは何度も肌を重ね、裸を見られているが、ベッドでの中とは違う恥ずかしさがある。

アンジェリカはエルンストの背に身体を預け、お湯に浸かっていた。豊かな胸はお湯の中でも沈まずにプカリと浮いてしまうので、手で押さえる。

ど、どうして浮くのかしら……。

「今日は特に冷える。長い時間外に居たからな。風邪を引かないように、しっかりと温まらないと」

「そうですね。でも、寒く感じませんでした」

「ああ、わかる。気持ちが昂ると、外気温を感じなくなるからな」

今頃王妃とドロシーは、地下牢で凍えていることだろう。過酷な状況に置かれている二人を想像すると、一瞬胸が痛んだ。

しかし、ネモフィラ国の冬、毛布も暖かい服も与えてもらえず、凍えているアンジェリカを見て笑っていた二人を思い出すと、そんな気持ちはすぐに消えた。

「王妃様とドロシーは、これからどうなるのでしょうか」

「ネモフィラ国に引き渡す予定だ。あの女狐は、廃位となることは確実だろうな。ネモフィラ国の法律次第だが、良いところで、一生涯離宮での監禁暮らし、最悪処刑……というところだろうか」

「そうですか……」

エルンストはアンジェリカの腰に腕を回し、髪をそっと撫でた。

「アンジェが気にすることはない。悪いのは、あの女狐と下品な娘だ」

エルンストはアンジェリカが気に病んでいると思っているようで、慰めてくれている。

「ありがとうございます。でも、気に病んではいないのです。同情もないです。喜びもなくて……複雑な気持ちなんです」

どうしたら自分の心の中を言葉にできるだろう。なんだかしっくりくる言葉が見つからない。

「上手くお伝えできないのですが、どうしてこうなってしまったのだろうという気持ちがあって……でも、これで恐ろしい目に遭わなくて済むんだ。終わったんだというホッとした気持ちもあって、全部が絡み合っているといいますか……」

アンジェリカの話を、エルンストは黙って聞いてくれる。

「父が母に出会わなければ、こうならなかったのかな……とか、父が母ではなく、王妃様を特別扱いしていれば、王妃様が嫉妬することもなかったでしょうから、私も普通に暮らせていたのか……と、想像しても仕方がないことまで考えてしまって」

心の中で、たくさんの糸がグシャグシャにもつれてしまっているような感覚だった。どこから解いていいのかわからない。解いていいのかもわからない。

「そうか……」

エルンストがギュッと抱きしめてくれると、もつれた糸がゆっくりと解《ほぐ》れていくのを感じる。

ああ、解いてもいいのね……。

アンジェリカは逞《たくま》しい腕に自らの手を添えた。

「エルンスト様、ありがとうございます。私を救ってくださって……私を守ってくださって……とても感謝しています」

「これからもずっと守るし、幸せにする」

「私もエルンスト様を幸せにできるように、努力致します」

エルンストの方を向くと、唇を重ねられた。とても温かく、優しい口付けに、心の中が満たされていくのを感じる。

「ところで、どうして胸を押さえているんだ？」

「えっ」

「胸が痛いのか？　さきほど隠れている時に、どこか引っかけて怪我をしたのか？　見せてみろ」

し、心配をおかけしてしまったわ……！

「違います。あの、胸が浮いてしまうので、恥ずかしくて押さえていただけなのです」

「浮く？」

いまいちピンと来ていないエルンストのために、胸から手を離した。すると豊かな胸がプカリと浮かぶ。

「なるほど、そういうことか」

「は、はい……」

「すごいな。胸は浮くのか」

恥ずかしい……。

隠そうとしたら、エルンストが両方の胸を包み込んでくる。

「ぁ……っ」

「俺が浮かないように、押さえておいてやる」

「えっ……あ、ありがとうございます？　ん……っ……ぁ……」

エルンストの手が淫らに動き、豊かな胸の形を変えられた。

エルンストに触れられている場所から甘い快感が全身に広がり、アンジェリカは息を乱し、身悶えする。

ど、どうしよう……エルンスト様は押さえてくださっているだけなのに、私ったら感じてしまっているわ……。

胸の先端はあっという間に尖り、エルンストの指を押し返すほど硬くなっていた。

「乳首が起っているな？」

後ろからささやくように言われると、ゾクゾクして肌が粟立つ。

「も……申し訳……ございません……エルンスト様は押さえてくださっているだけなのに、私……へ、変な気持ちになってしまって……」

するとエルンストがククッと笑う。

「エルンスト……様……？」

「すまない。実は、淫らな気持ちで触っていた」

「えっ！　そ、そうだったのですか？」

指先で立ち上がった先端をキュッと押し潰され、アンジェリカは甘い声を上げた。

「ぁんっ」

「嫌か？」

その質問に、アンジェリカは首を左右に振った。

「いいえ……エルンスト様にされて嫌なことなんて、一つもございません……それに、今は……嬉しいです……」

「……可愛いことを言われると、理性がどうにかなりそうだ」

胸の先端を可愛がられると、あっという間に秘部が潤みだす。胸から片手が離れ、太腿をなぞる。

秘部がこれから与えられる快感を期待し、激しく疼いた。長い指に花びらの間を触れられると、大げさなぐらい感じてしまう。

「ぁ……っ！　んん……エルンスト……様……気持ち……ぃ……です……ん……っ……ぁんっ……ぁっ……ぁっ……」

「ヌルヌルだな？」

「エルンスト様に触れていただくと……とても感じて……たくさん、溢れてしまいます……」

「そうか、たくさん溢れるのか」

エルンストは嬉しそうに、アンジェリカのうなじに吸い付く。

ズクズク疼いている膣穴に長い指を入れられ、中を掻《か》き混《ま》ぜられると甘く痺れるような快感が訪れる。

「ふぁ……っ……中……が……ぁんっ……」

「中がどうした？」

長い指を動かしながら、エルンストは楽しそうに問いかけてくる。

「ん……っ……気持ち……よくて……そこ……すごく……」

「ここか？」

中にある弱い場所をグッグッと小刻みに押されると、頭が真っ白になりそうなほどの快感が襲ってくる。

「ぁんっ！　は、はい……そこが……とっても気持ち……よく……て……ぁんっ……あぁんっ！　んんっ……はぅ……んんっ……」

長い指の動きと共に身体がビクビク跳ねて、お湯が溢れた。バスルームは声が反響し、淫らな声が響く。

背中に何かが当たる。エルンストの大きくなった欲望だ。身体の一番深くがキュンと疼いて、新たな蜜を作り出すのがわかった。

エルンストの長い指でも届かない場所を、熱い欲望で突いてほしくて堪らない。

「そういえば、アンジェ……さっき何か言いかけていたな」

「さ……っき？」

「女狐の侍女が来る前だ。ものすごく思いつめた顔をしていたから、気になっていた。何を話そうとしていた？」

「あ……っ」

金色の猫の話をしようとしていた。

先ほどは勇気を出して言おうとしたが、時間が経つと萎《しぼ》む。また話し出すまでには心の中で色々考え、それらを勇気に変える必要がある。

しかし、花びらの間にある敏感な蕾を撫で転がされているアンジェリカは、そんな余裕がなかった。

快感で頭が高熱を出した時のようにフワフワして、夢と現実の間を彷徨っているような感覚で、何も考えられない。

「アンジェ、何を話そうとしていたんだ？」

敏感な蕾を指と指の間で挟まれ、上下に揺さぶられるとあまりにも強すぎる快感が襲ってくる。

足元からゾクゾクと絶頂の予兆を感じた。

ああ、もう、何も考えられない。

アンジェリカはエルンストに聞かれるがままに、ずっと胸に秘めていたことを口にした。

「……っ……ン……ね、猫……」

「猫?」

「金色の……猫さん……の話……を……あっ……き、来ちゃう……っ……んっ……あぁぁぁ……っ!」

アンジェリカは絶頂に達し、エルンストにくたりともたれかかった。

「アンジェ、思い出したのか?」

思い出した……? ということは、エルンスト様は、忘れていないの……?

「エルンスト……様……覚えて……いて……?」

「ああ、忘れるはずがない。あの時アンジェが与えてくれた優しさを心の支えにして、ずっと生きてきた。あの時、アンジェリカがくれた貝殻は俺の宝物だ」

エルンストはアンジェリカの手を取ると、指先に唇を押し付けた。

「見ました……飾ってくださっていて……あれを見て、私……あの時のことを思い出して……どうして仰ってくださらなかったのですか？」

「昔のことを思い出すと、頭が痛くなると言っていたから苦しめたくなかったんだ。いつか思い出してくれたらいいと思っていたが……嬉しい」

私のために、言わないでくださったのね……。

エルンストは自分とのことを覚えてくれていたのに、アンジェリカは貝殻を見るまで忘れていた。

罪悪感が込み上げてきて、青い目から大粒の涙が次から次へとこぼれていく。

「忘れてしまっていて、ごめんなさい……」

アンジェリカが振り返って抱きつくと、エルンストがしっかりと抱きとめてくれた。

「俺の方こそ、黙って居なくなってすまなかった……」

「えっ……居なくなったのは、私の方です。突然王城に連れて行かれて、何も言えずにお別れすることになってしまいました……」

「俺もアンジェに何も言わずに、早朝出発したんだ。アンジェの悲しむ顔を見るのが辛くて……そうか、その日に連れて行かれたんだな。ずっと会いたかった……アンジェ、また会えてよかった。ずっと会いたかったんだ」

「エルンスト様……嬉しいです……愛しています……」

「俺もだ。アンジェ……愛している……」

エルンストに優しく唇を重ねられ、アンジェリカは涙を流しながら口付けに応えた。情熱的な口付けに、呼吸が苦しくなるが、やめたくなかった。

「ん……っ……んん……っ……」

エルンストはアンジェリカの唇を味わいながら腰を掴み、持ち上げると反り立った自身の欲望を膣口に宛がい、挿入した。

「……っ……ん……ぅ……は……んんっ……ん……っ……んんっ……」

太く熱い欲望に、狭い膣道が押し広げられていく。

待ち望んでいた刺激と快感に、肌が粟立つ。アンジェリカはエルンストの背中に手を回し、彼の情熱的な愛を受け止める。

「ぁ……っ……エルンスト様……気持ち……ぃ……っ……んっ……」

「俺もだ……アンジェの中、温かいな……トロトロで……ギュウギュウ俺のを締め付けて……ずっとこうして入れていたくなる……」

「ん……っ……おかしく……なってしまいま……す……ぁんっ……あぁっ……んっ……ぁんっ！　はぅ……っ」

でも、あまりにも気持ちよくて、幸せで、おかしくなってもいいかもしれない——と考えてしまう。

ゆっくりとした動きから、身体が浮き上がるほど激しい動きに変わっていく。お湯はどんどん溢れて、もう腰までしか残っていない。

「ずっと……戦場でアンジェのことを考えていた……アンジェが元気でいてくれるか……笑ってくれているか……俺に見せてくれたアンジェの笑顔を……何度も何度も思い出していた……」

「嬉しいです……エルンスト様……」

「アンジェが居てくれて、幸せだ……あの貝殻の効果があったな……」

「私も幸せです……エルンスト様……」

あまりの快感に身体が熱くなり、頭がクラクラする。のぼせてしまいそうだ。いや、もう、とっくにのぼせているのかもしれない。

それでもやめてほしくない。もっとしてほしい。もっと、もっと——。

足元からゾクゾクと絶頂の予感がせり上がってきて、膣道が激しい収縮を繰り返す。

「アンジェ……達きそう……か？」

「……っ……は、い……」

「俺もだ……一緒に……達けそうだな……」

「一緒……に……」

「そうだ。一緒に……」

一際激しく突き上げられ、アンジェリカはより大きな嬌声をあげた。

「あっ……あっ……エルンスト……様……っ……んっ……ぁんっ……エルンスト様……ぁ……っ……ぁっ……ぁ……っ……あぁぁぁぁっ！」

アンジェリカは腰を弓のようにしならせ、エルンストと共に絶頂に達した。強く締め付けられる中、欲望はドクドクと脈打ち、小さな蜜壺にたっぷりと情熱を放つ。

「……っ……アンジェの中……すごい……ぞ……中から吸って、俺のを搾り取っているみたいだ……」

「エルンスト様も……中でビクビクして……中、熱いのでいっぱいです……」

「いやらしいことを言われると、また興奮してくるんだが」

中に入ったままのエルンストは、情熱を放っても硬さを保っている。

「こ、これ以上はいけません……のぼせてしまいます……」

「それもそうだな。続きはベッドにしよう」

二人は息を乱しながら、お互いの唇を吸い合った。なんてあたたかな時間だろう。

アンジェリカの眦《まなじり》には、あまりにも幸せで涙が浮かんでいた。涙は汗と一緒になって落ち、お湯に溶けていく。

「アンジェ、泣いているのか？　どうした？」

「こうしてエルンスト様と愛し合えるのが嬉しくて、幸せで……前にエルンスト様が教えてくださいましたね。悲しくなくても涙が出るって……本当ですね」

「ああ、そうだな」

エルンストはアンジェリカの眦に浮かんだ涙を親指で拭うと、その指をペロリと舐めた。

「アンジェ……ずっと一緒だ。もう、離さない……」

「はい……離れません……ずっと、ずっと離さないでください……」

中に入ったままのエルンストの欲望は硬さを取り戻し、再びアンジェリカの中をゆっくり突き上げ始めた。

「ぁ……っ……エルンスト様……続きは……ベッドで……って……ぁんっ……ぁっ……ぁっ……んっ……ぁっ……」

「アンジェが可愛すぎて……我慢できなかった。もう少しだけ、いいか？」

「で、でも、のぼせちゃいます……きゃっ」

エルンストはアンジェリカと繋がったまま立ち上がった。お湯から出ると、熱くなった身体からは湯気が出ている。

「こ、こんな体勢で……!?　ぁ……っ……ぁんっ……」

ふわふわ浮いて、新感覚だった。熱い身体を空気が冷やしてくれて心地いい。

「これならのぼせないだろう？」

悪戯を思いついた子供のように笑うエルンストを見て、アンジェリカは笑ってしまう。

「もう、エルンスト様ったら……んっ……ぁっ……はぅ……っ……んんっ……ぁんっ……ぁっ……ぁっ……ぁっ……」

エルンストに突き上げられ、アンジェリカは彼の広い背中にギュッとしがみつきながら、甘い声を上げた。

濡れた金色の髪が、赤い情熱的な瞳が、とても綺麗……昔からずっとそう思っていた。友達ではなく、この少年のお嫁さんになれたらいいな——と。

「エルンスト様……大好き……です……っ……ぁっ……ぁっ……はんっ……ぁっ……」

「俺もだ……アンジェ……大好きだ……アンジェ……」

金色の猫と大きくなった少女は、再会を喜び合い、いつまでも、いつまでも愛し合ったのだった。

第六章　結婚式と新しい命

王妃とドロシーの処罰が決まったのは、婚約記念パーティーが終わって半年後だった。

王妃は廃位され、離宮で一生涯監視付きの暮らしを送ることとなり、ドロシーは修道院へ送られた。

アンジェリカの父は心臓に病が見つかり、王妃とドロシーの処罰が決まってしばらくした後、発作を起こし、亡くなったそうだ。

父の葬儀に、アンジェリカは参加しなかった。

王妃の息子のフランシスは、王妃の血が流れているということで王位継承権をはく奪され、側室の子であった第二王子のイザークが新しい国王の座に就いた。

イザークは他のきょうだいたちと違い、アンジェリカに唯一意地悪をしなかった者だった。かといって助けてくれるわけでもなかったが、王位に就いたのが他のきょうだいではなく、彼であってよかったと思う。

アンジェリカの祖父母であるウィルソン男爵夫妻は、一か月ほど前にブーゲンビリア国に移住してきた。エルンストの計らいだ。

アンジェリカが虐げられてきたのと同様に、祖父母も冷遇を受けていたそうで、国王が亡くなっても、王妃が廃位されても、ネモフィラ国に嫌気がさしていた二人は、エルンストの申し出を二つ返事で受けた。

ネモフィラ国では爵位を返上したが、ブーゲンビリアで新たに伯爵位を与えられ、今は与えられた領地の田舎で平和に暮らしている。

教会の控え室で準備を整えたアンジェリカは、鏡の前に座り、綺麗に飾られた自分を見ていた。

ネモフィラ国城で泣いていた私が、今の私を見たらどんなに驚くかしら……。

「アンジェリカ様、本当にお綺麗です」

「ありがとう。イルザが綺麗にしてくれたおかげよ」

「お腹は苦しくありませんか？」

「ええ、ゆったりしたデザインにしてもらったから、とても楽だわ」

エルンストと婚約してから一年、今日はとうとう結婚式が行われる。アンジェリカのお腹の中には新しい命が芽生え、来月には出産予定だ。

扉をノックする音が聞こえた。「どうぞ」と声をかけて、イルザに支えられながら、ゆっくり振り返る。

「アンジェ、準備は整ったと聞いたが……」

扉を開いたのは、愛《いと》しい人だった。

純白のスーツに身を包んだエルンストは、眩しいぐらいに美しい。アンジェリカは思わず目を細めると、エルンストも同時に目を細めていた。

「なんて美しいんだ。美の女神も嫉妬するだろうな」

「それはエルンスト様の方です！　とっても美しいです」

二人のやり取りを見て、エルンストの後ろに控えていたフォルカーと共にイルザが笑う。二人も再来月に結婚式を挙げる予定だ。

「アンジェ、大丈夫か？　身体は辛くないか？」

「ええ、すごく元気ですから、心配なさらないでください」

妊娠初期はつわりで苦しんだが、安定期を過ぎてからは、とても調子が良い毎日を送っていた。

「よかった。だが、少しでも変だと思ったら、教えてくれ」

「はい、わかりました」

エルンストが優しくお腹を撫でてくれるのが心地よくて、アンジェリカは目を細め、口元を綻ばせる。

「三人で結婚式を挙げられるなんて嬉しいな」

「ええ、本当に……私、幸せです」

「俺もだ。……この子も俺たちぐらい幸せにしてやらないとな」

「はい、頑張って幸せにしましょうね。それから、金色の猫のお話も聞かせてあげたいです」

「一緒に聞かせてやろう。貝殻のおまじないも教えてやろう」

「……今さらですが、猫だと勘違いして申し訳ございませんでした。お話と現実の区別が付かなくて……」

「幼かったのだから、区別が付いている子の方が少ないだろう。……あの頃のアンジェも可愛かったな。お腹の子も俺に似ず、アンジェに似てくれるといいな」

「えっ！　嫌です！　エルンスト様に似てほしいです！　これから生まれてくる子は、みんなエルンスト様に似てほしいです」

二人でお互いに似てほしいと言い合っていると、イルザが声をかけた。

「エルンスト様、アンジェリカ様、そろそろお時間ですので、ご移動をお願い致します」

いよいよなのね……。

た。

「さあ、行こうか」

「はい、エルンスト様」

エルンストに支えられながらゆっくり立ち上がり、アンジェリカはその逞しい腕に手を添えた。

エルンストと歩いていく道には、キラキラと輝く未来が見える。

——もう、昔みたいに、俯いたりしない。

アンジェリカは背中を伸ばし、凛《りん》とした表情でエルンストと共に教会へ……未来への道のりをゆっくりと確かに歩いて行ったのだった。

第七章　幸せな日々

エルンストとアンジェリカが結婚してから数年後の冬、エルンストは風邪を引いて発熱し、自室で療養していたが、悪夢にうなされていた。

戦争に出征し、手の平が血に濡れ、自分の前に死体の山ができている夢だった。血が付いた手で頭を抱え、うずくまっていると、額がヒヤリと冷たい。

ああ、気持ちいい……なんだ？　これは……。

「ん……」

ぼんやりと目を開けると、心配そうにエルンストの顔を見ているアンジェリカの姿が視界に入る。

「アンジェ……？」

「はい、エルンスト様」

アンジェリカはにっこりと微笑み、エルンストの頬を伝う汗を冷たいタオルで拭った。

ああ、よかった。あれは夢だった……。

エルンストはタオルを持っているアンジェリカの手を掴むと、頬に押し当てた。

「起こしてしまいましたね。申し訳ございません」

「いや、起こしてもらえてよかった。悪夢を見た……そういえば、昔、熱を出すと悪夢を見ると言っていたな……本当だった……」

「どんな夢でしたか?」

「戦争に出征している夢だった……アンジェが見たように不気味な夢なら、見てみたかったんだが、この夢はいただけないな……」

「それは恐ろしい夢を見ましたね……」

「ああ……」

熱を出したのは、本当に久しぶりだ。

アンジェリカとの間には六人の子供に恵まれたのだが、先日、一番下の子から風邪を感染《うつ》されれ、発熱してしまった。

父親が子だくさんだから、自分も産めるはずだと言っていたアンジェリカを思い出し、エルンストは思わず笑ってしまう。

男女の身体の作りでそれは難しいと思ったし、それを指摘すると確かにそうだと納得していたアンジェリカだったが、まさか有言実行するとはな……。

「エルンスト様、どうなさいました？」

「アンジェはすごいなと思っていた」

「えっ？　何もすごいことはしていないと思うのですが……」

「いや、アンジェはすごい」

「そうなんですか？　ふふ、ありがとうございます」

嬉しそうに笑うアンジェリカが愛おしい。

子供たちは皆可愛く、今がとても幸せだ。自分にこんな幸せだと感じる日々が訪れるなど思わなかった。

戦場で血にまみれていた自分が見たら、さぞ驚くに違いない。

「子供たちはどうしている？」

「みんな元気にしていますよ。エルンスト様のお見舞いに行くって駄々《だだ》を捏《こ》ねて、とめるのが大変でした」

「感染してしまうかもしれないからな……アンジェも本当はよくないと思うが……」

「私には感染りませんから、ご安心ください」

「根拠は？」

「う……あ、ありません。ですが、私は丈夫ですし、平気なので入室禁止にしないでくださいね？　エルンスト様がお辛い思いをしている時に傍に居られないなんて、悲しくておかしくなってしまいます」

泣きそうになるアンジェリカを見て、エルンストは目を細める。

「ああ、しない。俺もアンジェに会えないなんて、おかしくなってしまいそうだ」

手を伸ばすと、アンジェリカはその手を取り、自分の頬にそっと当てた。

「まだ、熱いですね。冷たい林檎のジュレをお持ちしました。召し上がりませんか？」

「ああ、ありがとう。貰う」

節々が痛む身体を起こそうとすると、アンジェリカが支えてくれる。

アンジェは、優しいな……。

思えばこうして看病してもらったのは、二度目だ。

昔も今も、アンジェの手は優しい。

「大丈夫ですか？」

「ああ、大丈夫だ」

「では……」

アンジェリカはエルンストを座らせると、スプーンでジュレをすくって口元へ持っていく。

「エルンスト様、どうぞ」

「食べさせてくれるのか？」

「もちろんです」

よく冷えていて、熱い喉をツルリと通っていくのが心地いい。

熱のせいで舌が麻痺《まひ》して味がわからないが、アンジェリカが食べさせてくれているから美味しい。

彼女が食べさせてくれるのなら、土でも美味しく感じるに違いない。

「いかがですか？」

「とても美味しい」

「よかったです。もう少し召し上がれますか？」

「ああ、貰う」

エルンストが食べるたびに、アンジェリカは嬉しそうに笑う。

昔、金色の猫だと勘違いされていた時も、こうして食べさせてくれたことを思い出す。

小さな手で一生懸命食べさせてくれて、とても可愛かったし、あたたかかった。アンジェリカの優しさで、どれだけ傷付いた心が癒されたことだろう。

「エルンスト様、そんなに美味しいですか？」

「ん？」

「笑っていらっしゃるので、美味しいのかなと」

気付かないうちに、口の筋肉が緩んでいたらしい。

「ああ、美味しいし、こうして看病してもらうのは、懐かしいなと思って。ネモフィラ国に流れ着いた俺を一生懸命看病してくれただろう？　あの時も嬉しかった……」

「本来ならあんな場所じゃなくて、屋敷にお連れして看病させていただくべきだったのに……申し訳ございません」

「いや、素性を知られたくなかったから、むしろあの場所がよかったんだ……約束を守って、誰にも言わずにいてくれて助かった……」

「そうでしたか。でも、もう少し何かできたのではないかと思ってしまうんです。エルンスト様が大切だから……ああ、過去に戻れたらいいのに……」

眉間を顰めるアンジェリカが愛おしくて、抱きしめたくなる。

「もし、過去に戻れるとしたら、俺は子供のアンジェリカを攫《さら》いに行く。たくさん美味しい物を食べさせて、可愛く着飾らせて、可愛がるんだ」

「うふふ、嬉しいです」

話しているうちに、ジュレをすべて食べ終えた。空になった器を見て、アンジェリカは唇を綻ばせた。

「全部食べられましたね」

「ああ、美味しかった」

「よかったです。今日はご政務のことは忘れて、ゆっくりお休みくださいね。そちらはフォルカー様が頑張ってくださっていますから」

「ああ、そうする」

エルンストはアンジェリカに手を伸ばした。

「エルンスト様、どうなさいました？」

アンジェリカはすぐにその手を取り、ギュッと握る。

「抱きしめさせてくれ」

「あっ……は、はい、もちろんです」

アンジェリカは頬を染め、エルンストに身体を寄せた。結婚し、子供も作ったのに、いつまでも彼女は初々しくて、愛らしい。

華奢《きゃしゃ》な身体をギュッと抱きしめると、甘い香りがする。エルンストの大好きなアンジェリカの香りだ。

「エルンスト様、早く元気になってくださいね。エルンスト様が苦しんでいると、私も苦しいです。代わって差し上げたいです……」

泣きそうな声でお願いするアンジェリカが愛おしくて、胸が苦しくなる。

「ああ、すぐに元気になる」

感染してしまうだろうか……と思ったが、我慢できない。エルンストは柔らかな唇を奪った。

「ん……んん……」

重ねているだけでは我慢できなくなり、エルンストは舌を侵入させる。アンジェリカの舌がやや冷えている気がするのは、自分の熱が高いからだろう。

アンジェリカの舌がエルンストの舌と同じ温度になった頃、下半身が熱くなっていくのを感じる。

柔らかな太腿に触れると、アンジェリカがその手を掴んだ。

「んん……っ……エルンスト様……いけません……熱が、あるのに……」

「嫌か?」

「まさか……でも、エルンスト様のお身体が心配なので、いけません……ご無理をされては、悪化してしまいます……」

申し訳なさそうに断るアンジェリカは健気《けなげ》で、頬を染めた艶っぽい表情に、ますます下半身の熱が高まるのを感じた。

「今日は体力を使わず、ゆっくりお休みください」

おくれ毛を耳にかける姿が色っぽい。

我慢できるわけがない。

エルンストは潤んだ瞳のアンジェリカをベッドに組み敷くと、細い首筋に唇を寄せる。

「ぁ……っ……エルンスト様、いけません……だ、だめ……ぁんっ」

普段、彼女から拒まれることがないので、必死に拒絶する姿がますますエルンストの興奮を煽った。

本気で嫌がっていないからこそ、攻めたくなる。

「アンジェが欲しい。このままでは、眠れない」

「このままでは……？」

「そうだ。ほら」

硬くなった欲望をアンジェリカに握らせると、彼女の顔がますます赤くなった。

「そ、そう……ですね。こうなっては、眠れない……ですよね」

「ああ、だから……」

「でも、身体を動かすのはいけません。お医者様もそう仰っていましたから」

アンジェリカは身体を起こすと、エルンストを組み敷いた。

エルンストは鍛え抜かれた身体を持っているが、油断していたのと、熱で朦朧としているので、アンジェリカの力でも押し倒すことができた。

「アンジェ……」

「私が動きますので、今日は動いてはいけませんよ？」

「アンジェが俺を抱いてくれるのか？」

そう尋ねると、アンジェリカは真っ赤な顔で頷いた。顔どころか耳や指先まで赤い。

「は、はい……頑張りますから、エルンスト様は体力を使わず、ゆっくり寛《くつろ》いでいてくださいね？」

もうその顔を見ているだけで、射精してしまいそうだった。

頬を染めて自らの衣服を脱いでいくアンジェリカは、とても美しかった。

まだ、夕方前だ。窓から差し込む光が、アンジェリカの白い肌をはっきりと照らしていた。

その姿はあまりにも美しくて、エルンストは肉食獣が獲物を見つけたように、ゴクリと喉を鳴らす。

「恥ずかしいので、あまり、ご覧にならないでくださいね……」

「それは無理だ」

「そ、そんな……」

歳を重ねるごとにアンジェリカは色気と美しさを増し、経験を積んでも初心な反応が可愛らしく、興奮を煽る。

自ら脱ごうとするエルンストの手を止め、代わりに服を脱がせていく。

「動かないでください。私がやりますから」

こうして脱がせてもらうのは、初めてだ。ドキドキする。アンジェリカもいつもこのような気持ちなのだろうか。

「寒くはありませんか?」

「ああ」

むしろ暑いと言おうとしたが、熱が上がってきているに違いないと心配され、中止になりそうなので口を噤んだ。

「お身体の負担にならないように、なるべく早く終わらせますね……」

アンジェリカはエルンストの首筋に口付けし、指で胸の先端をなぞった。

エルンストにとってそこは性感帯ではなく、触れられるとくすぐったさしか感じないのだが、アンジェリカが感じさせようとしているということが興奮するので、何も言わずに彼女の愛撫を受け入れる。

感じてはいないが、アンジェリカの指で弄られた胸の先端はツンと起《た》ち上《あが》っていた。アンジエリカはそこを舐め、エルンストの顔をチラチラと見る。

感じているかどうか確かめているのだろう。目が合うと恥ずかしそうにするのが堪らないし、自分の乳首をしゃぶる彼女を見ていると、ますます下半身が熱くなっていく。

先走りが流れ、下履きには染みができていた。

「エルンスト様……気持ち……いぃ……ですか？」

「ああ……すごく気持ちがいい……」

アンジェリカは嬉しそうにしながら、夢中になって胸の先端を舌でなぞり続け、手を欲望に伸ばした。

下履きの前を開けられると、硬くなった欲望が飛び出した。握られて上下に扱《こ》かれると、鈴口がヒクヒク収縮を繰り返す。

ああ……出てしまいそうだ。

けれど、一度出したら、もう終わってしまうに違いない。できるだけこの幸せを堪能したいエルンストは、尻に力を入れて必死に射精を我慢した。

アンジェリカは胸の先端から口を離すと、頬を染めてエルンストの上に跨った。

「エルンスト様、失礼します……」

ガチガチに硬くなった欲望を掴むと、腰を浮かせる。

「アンジェ、まだ濡れていないのに入れては……」

「い、いえ……えっと、大丈夫、です」

膣口に宛がわれると、ヌルリとした感触がある。アンジェリカの秘部は、たっぷりと濡れていた。

口付けをして太腿にしか触れていない。ということは……。

「乳首を舐めて、ペニスを扱いて、興奮してくれたのか？」

「……っ……そ、それは……その……あの……」

アンジェリカは答えないまま、腰を落としていく。

狭い膣道に硬くなった欲望がヌププという淫らな音を立てながら呑み込まれていく。アンジェリカの中は、熱を出している自分よりも熱い。

根元まで入れ終わると、アンジェリカは息を乱し、頬を赤く染め、青い瞳を潤ませてコクリと頷いた。

「……っ……は、はい……エルンスト様が気持ちよくなってくださるのが、とても嬉しくて……ん……っ……ぬ、濡れて……しまいました……」

ああ、もう、堪らない……。

「アンジェ……すまない」

エルンストはアンジェリカの細腰を掴んだ。

「え？　ひぁんっ……！」

エルンストはアンジェリカとの約束を破り、下から彼女を激しく突き上げた。

「ぁんっ！　ぁっ……ぁっ……エルンスト様……いけませ……っ……動い……ては……ぁっ……ン……はぅ……っ……んっ……ぁぁんっ……！」

グチュグチュと淫らな音と、二人の荒い息遣いが夫婦の寝室に響く。

「んぅ……っ……お約束……した……っ……のに……っ……やぁ……そんな、激しいの……だめ……っ……ぁんっ……あぁんっ……ぁんっ……ぁんっ！」

誘うように大きく上下に揺れる豊かなミルク色の胸に手を伸ばし、揉みしだく。元々大きかったアンジェリカの胸はあれからさらに成長し、ますます大きくなった。

エルンストによって淫らに形を変えた豊かな胸は、彼の情欲をさらに煽った。

頭の中で、熱湯が沸騰しているみたいだ。興奮しすぎて、おかしくなりそうだった。

「すまない……アンジェ……もう、アンジェが可愛すぎて……限界なんだ……約束を破ってすまない……許してくれ……アンジェ……愛している……」

「わ、私も……愛しています……でも……っ……今日はいけませ……っ……ぁんっ……！　ぁっ……ぁっ……エルンスト様、だめぇ……っ」

身体を動かすたびに頭痛がするけれど、とてもやめられる状態ではなく、とめようとしたアンジェリカも激しく与えられる快感に負け、とうとうエルンストに身を任せることになってしまった。

幸いにも翌日、エルンストは熱が下がり全快したが、滅多なことでは怒らないアンジェリカに、初めて説教されることになった。

怒るアンジェリカも可愛いと思ってつい口に出したエルンストは、頬を染めた妻にますます怒られるのだった。

あとがき

こんにちは、七福さゆりです。

このたびは「孤高の英雄皇帝は想い出の姫を救い出して溺愛する」をお手に取って頂き、ありがとうございました！

楽しんでいただけましたでしょうか？　私は酷い目にあって生きてきた主人公が、ヒーローによって幸せな人生を送れる流れの作品が大好物なので、とても楽しんで書くことができました。

天真爛漫だったアンジェリカは、王妃のせいで内気な子になってしまいましたが、王妃に出会わなかった世界線の彼女も書いてみたかったです。

そちらのアンジェリカも、彼女を探しているエルンストと再会するはずですから、きっと血にまみれて苦しんでいた彼と結ばれ、彼を幸せで包み込んでいることでしょう。ＩＦの世界でも二人はハッピーエンドですね。

さて、せっかくなので、裏話をしていけたらと思います。

アンジェリカの父サイモンのお手付きになったアンジェリカの母テレサですが、実はテレサはサイモンに憧れていました。

サイモンはとても魅力的な男で、令嬢たちから人気があったんです。令嬢たちの集まるお茶会では、必ずサイモンの話になっていました。

テレサも「もし、自分がサイモンに求婚されたら……」みたいな妄想をしては、きゃー！となっていました。なのでお手付きになった時は、決して不幸ではありませんでした。

憧れの人に「綺麗」だと言ってもらえた。求めてもらえた。それはテレサにとって夢のような一夜でした。

本編中では、身分の低い自分が側室になど入れば、辛い日々が訪れることを悟っていたから、側室になることを拒んだ……と書いていましたが、それは側室たちに虐められるからという理由だけではなく、憧れの人が他の女性と仲良くしているところを見たくなかったのが一番の理由です。

アンジェリカの存在を隠そうとしたのは、本編の理由通りです。

自分のことなんて忘れているはずだし、隠しきれるだろうと思っていましたが、サイモンもテレサが一番愛した女性だったので、アンジェリカは見つかってしまいました。

サイモンはアンジェリカが王妃とドロシーに虐められていたことには、まったく気付いていませんでした。

むしろ王妃に預けておけば間違いない！　安心！　と思っていました。きょうだい仲が悪いと思っていませんでしたし、むしろ仲が良いのだろうと思っていました。

なので、王妃やドロシーの本性を知った時、大変なショックを受けて悩み、そのストレスが元々持っていた病を悪化させ、とうとう大きな心臓発作を起こし、亡くなったのでした。

最期の言葉は「アンジェリカ、すまなかった。許してくれ」でしたが、居合わせていたのが王妃派の臣下だったため、この言葉がアンジェリカに伝わることはありませんでした。

王妃が本当にアンジェリカに良くしているか、確かめる気持ちになっていれば、また話は変わってきたはずです。愚かな王です。

裏話は以上です！

最後になりましたが、本作に素晴らしいイラストを描いてくださったＣｉｅｌ先生、支えてくださった担当Ｎ様、関係各所の皆様、本当にありがとうございました！

それでは、またどこかでお会いできましたら嬉しいです！　ここまで読んでくださり、ありがとうございました！　七福さゆりでした。

七福さゆり

Mitsuneko Label

蜜猫文庫をお買い上げいただきありがとうございます。
この作品を読んでのご意見・ご感想をお聞かせください。
あて先は下記の通りです。

〒102-0075 東京都千代田区三番町 8 番地 1 三番町東急ビル 6F
(株)竹書房　蜜猫文庫編集部
七福さゆり先生 /Ciel 先生

孤高の英雄皇帝は想い出の姫を
救い出して溺愛する
2024 年 10 月 30 日　初版第 1 刷発行

著　者　七福さゆり　©SHICHIFUKU Sayuri 2024
発行所　株式会社竹書房
〒102-0075
東京都千代田区三番町 8 番地 1 三番町東急ビル 6F
email : info@takeshobo.co.jp
https://www.takeshobo.co.jp
デザイン　antenna
印刷所　中央精版印刷株式会社

落丁・乱丁があった場合は　furyo@takeshobo.co.jp　までメールにてお問い合わせください。本誌掲載記事の無断複写・転載・上演・放送などは著作権の承諾を受けた場合を除き、法律で禁止されています。購入者以外の第三者による本書の電子データ化および電子書籍化はいかなる場合も禁じます。また本書電子データの配布および販売は購入者本人であっても禁じます。定価はカバーに表示してあります。

Printed in JAPAN
この作品はフィクションです。実在の人物・団体・事件などには関係ありません。

不遇な伯爵令嬢は
雨の日に運命と出会い溺愛される
七福さゆり
Illustration KRN
辛い記憶が思い出せないぐらい
幸せにしてみせる
伯爵令嬢メロディは継母と異母妹に睨まれ、実父にも見捨てられ使用人以下の扱いを受けていた。ある日耐えきれず屋敷を逃げ出した彼女は教会で第一王子エクトルと出会う。彼はメロディを知っていたようだった。彼の持つ不思議なブローチに運命の伴侶だと選ばれ王宮に連れ帰られるメロディ。「そんなに煽られたら自分が抑えられなくなる」エクトルに溺愛され美しく花開く彼女だが、異母妹がなお姉を害そうと陰謀を巡らせていて!?
蜜猫文庫

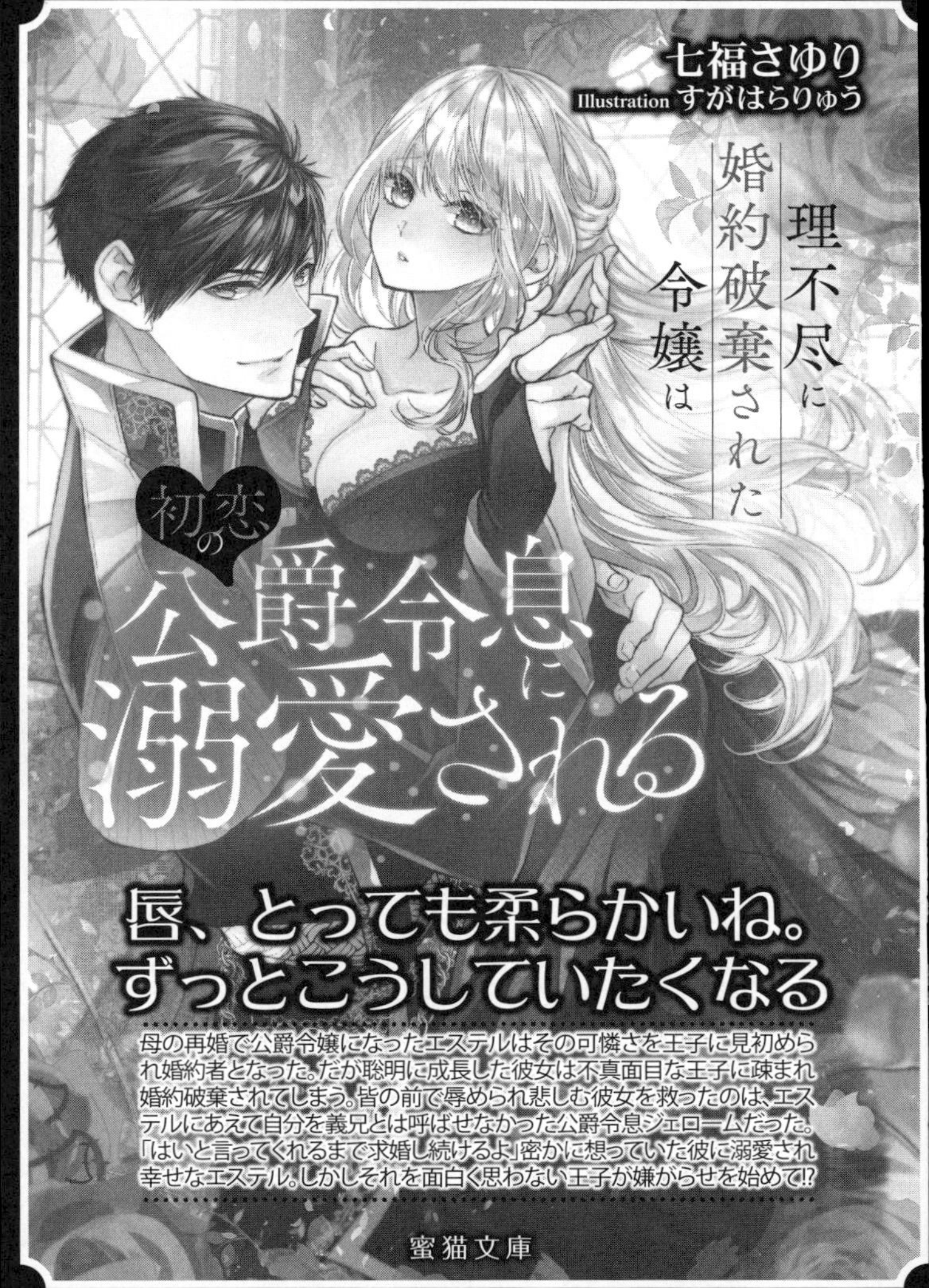
七福さゆり
Illustration すがはらりゅう
理不尽に
婚約破棄された
令嬢は
初恋の
公爵令息に
溺愛される
唇、とっても柔らかいね。
ずっとこうしていたくなる
母の再婚で公爵令嬢になったエステルはその可憐さを王子に見初められ婚約者となった。だが聡明に成長した彼女は不真面目な王子に疎まれ婚約破棄されてしまう。皆の前で辱められ悲しむ彼女を救ったのは、エステルにあえて自分を義兄とは呼ばせなかった公爵令息ジェロームだった。「はいと言ってくれるまで求婚し続けるよ」密かに想っていた彼に溺愛され幸せなエステル。しかしそれを面白く思わない王子が嫌がらせを始めて!?
蜜猫文庫

愛染乃唯
Illustration みずきひわ

九十九回婚約破棄された令嬢ですが、呪われ公爵様に溺愛されることになりました!?

愛している。愛してた。
ずっと、きみだけが、光だった

九十九回も婚約破棄された男爵令嬢シェリルは、皇帝の異母兄でありながら悪評の高い公爵レスターに嫁ぐことになった。夜に着くようにと指示された彼の屋敷の中、招待客もいない結婚式で初めて顔を合わせると、彼は幼い頃に出会って忘れられなかった人だった。「どこが？　誰に、どうされて、気持ちがいい？」初恋の相手に激しく愛されて幸せな日々。だがレスターが皇帝の身代わりとなり皇家に纏わる呪いを受けていることを知り!?

蜜猫文庫